徳間文庫

無垢と罪

岸田るり子

徳間書店

目次

愛と死

夏の暑いさなかだった。仕事を終えて、帰宅してみると、夕刊と一緒に、小学校の同窓会の案内はがきが机の上に置いてあった。

卒業したのが確か、と、ざっと頭の中で計算してみる。今の私が三十六歳だから、二十四年前、ということになる。

私は、中学から私立だったし、大学も就職も東京。京都に戻ってきたのは二年前だ。だから、地元にほとんど根ざしていない。あの頃、親しかったクラスメートというのも記憶にあることはあるが、小学生の頃とは、容姿も大きく変わっているだろう。行ったって、話す相手などいない。

そう思いながらも、ふと、ある女生徒のことを思い出し、もしかしたら彼女が来ているかもしれない、そんな淡い期待から、参加する、に○をつけた。

場所は渡月橋《とげつきょう》近くの料亭だった。

団塊ジュニアの私たちの世代は生徒数が多い。当時、一学年七クラスあったこともあり、会場は、そこそこの人であふれていた。五組の垂れ幕の受付へ行って、西川哲哉《にしかわてつや》だと名乗ると、「やあ、西川君、久しぶりやなあ」と幹事が親しげに私の名前に印をつけてから「招待状の封筒が必要や」と手を差し伸べて催促《さいそく》した。これは本人確認のためだった。私はカバンの中から封筒を出した。封筒を受け取る同級生の名札を見ると「久保洋平《くぼようへい》」とあった。名前だけはなんとなく記憶にあるようないような、顔を見てもさっぱり思い出さなかった。こんなに親しげに話してくるのだから、向こうは覚えているのだろう。そう思い、私も調子を合わせて「よう！　久しぶり」と言って、財布から会費の一万円を出した。

広々とした座敷には、七クラス分の座布団とお膳《ぜん》が並んでいる。

私は、五組の場所を探して、てきとうに真ん中あたりに座った。右隣に山田《やまだ》という男が座った。彼は私の名札を見て「なんや、西川君かいなー」と言った。山田とはそこそこ親しかったから、すぐに思い出した。休み時間に二人で紙飛行機を飛ばしてよく遊んだことがある。当時は、小柄でめがねをかけていて、お坊ちゃん風だったが、今では、恰幅《かっぷく》のいい立派な体格になっている。

「今、どこにいるんや？」

「京都に帰ってきてる」

「ずっと東京やったんちがうんか。K大出て、某一流銀行に就職したってきいたで」

「合併合併で、派閥争いに巻き込まれて、組織で働くのに疲れたんや。そやから、親の家業を継ぐことにした」

「結婚は？」

「してた。息子が二人いるけど、離婚して僕だけ京都へ戻ってきたんや」

そんな話をしていると、「西川君、どうしてたん？」と耳元で声がした。気がつくと女が横に座っていた。

ストレートヘアに細長い輪郭、切れ長な瞳がきらきらと光っていて、悲壮感の漂う雰囲気を放っている。顔を見ても誰だか思い出さないのに、私はその女がつけている、杉田《すぎた》佐《さ》織《おり》という名前にどきりとした。

私がこの同窓会に参加したのは、他でもない彼女に一目会いたかったからだ。

「杉田君か？　なんか雰囲気が変わったな」

私は努めて自然に話しているつもりだったが、声がうわずっているのが自分でも分かった。

「私、変わった？　老けてしもた？」

「いや、そんなことない。化粧のせいかな」

「髪型のせいとちがう？」

そうなのかもしれない。

「西川君は昔のままやわ。優等生でスポーツマン、今でもそんな感じやわ」

そう言うと彼女は、私のグラスにビールを注《そそ》いだ。そういえば、昔の彼女はおかっぱ頭だった。額を露出させているのと、そうでないのとで印象が違うのだ。二十四年の歳月の間に、雰囲気が変わっていても不思議はない。

小学校の頃の彼女は、勉強は良くできたが、体が弱く体育が苦手だった。消極的な性格だったため、クラスで手をあげて発言することは殆《ほとん》どなく、いわゆる優等生として先生の目にとまることはなかった。

休み時間は物静かに本を読んでいることが多かった。だからといって、根暗な性格ではなく、二、三人の特定の女子とそこそこ仲良く話をし、楽しそうに帰宅している姿を何度か目撃したことがある。

白いブラウスに薄ピンクのカーディガン、紺と白のギンガムチェックのスカートがよく似合っていた。

教室の窓際の席に座って、読書している彼女を私はそっと眺めているだけだった。その姿は、今でも、私の心に焼き付いている。

あの時の杉田佐織が今私の横に座り、こんなふうに親しみを込めて話しかけてくれているのがなかなか現実のこととして受け止められなかった。

「杉田君は、今も京都？」

「うん、伏見《ふしみ》にいてる」

「家族と一緒に？」

私は努めてさりげなく聞いてみた。

「ううん、一人で」

彼女が一人でいる、ということに、内心、私の気持ちは動揺した。つまり、いまだに独身ということなのだろうか。

「西川君、今、京都にいてるんやって？ ご両親の土産《みやげ》物屋さんを継いだって聞いたけど」

「よう知ってんな」

私の両親は清水寺《きよみずでら》の近くで土産物屋をしていた。立地的に恵まれているため、この不況でも、そこそこの売れ行きがあった。社内での派閥争いに敗れ、すっかり疲れてしまった私は、会社に辞表を出し、家業を継ぐことにした。だが、東京育ちの妻は、引越し先が京都であること、私がサラリーマンをやめることに不満を抱き、猛反対した。どんなに話しあっても平行線だった。元々利害が一致していただけ、愛のない結婚生活だったのだ。結局、私たちは離婚することになったのだ。

「風の噂《うわさ》や」

佐織はビールを飲み干してから、ぼそりと、しかし、重みのある口調でそう呟《つぶや》いた。私は思わず彼女の横顔を見つめた。私の視線に反応して彼女は「ふふふ」といたずらっぽく笑った。妙な色っぽさがある。

小学生の頃の杉田佐織は、清楚《せいそ》で汚《けが》れない純白のイメージがあった。大人の女の魅力を備えた今の彼女を見ているうちに、私は自分の記憶が上書きされていくような気がした。だが、切れ長な二重には昔の彼女の面影がある。間違いなく彼女は杉田佐織だと確信し、懐かしさがこみ上げる反面、気持ちがかき乱された。

突き出し、刺身の盛り合わせ、煮物、はもの柳川鍋、食べきれないほどの料理が次々に運ばれてくる。かつて一緒に学級委員をやった女子、その他、そこそこ仲良くしていた者が数人話しかけに来たので、その連中と担任の川出《かわで》先生のところへ挨拶《あいさつ》に行った。

当時は、やる気満々、ガッツのある先生という印象だったが、今、逢ってみると、意外と小柄で、私たちと殆《ほとん》ど年齢が変わらなく見えた。新卒で担任になったばかりなので、ほぼ十歳の年齢の開きがある。大人になってみると、十歳というのは子どもの頃ほど大きな差ではない。私はみんなの話に耳を傾け、適当に相槌《あいづち》を打ちながら、常に私の隣にぴたりと寄り添うようにいる杉田佐織のことを意識していた。

彼女とは、読んだ本のことで二言、三言、言葉を交わしたことがあった。あれは休み時間のことだった。武者小路《むしゃのこうじ》実篤《さねあつ》の「愛と死」という小説を彼女が読んでいるのを見て「面白い？」ときいた時のことは忘れられない。

「かなしい。泣いてしまうえ」

彼女はそう一言言って喉《のど》をつまらせた。あわてて顔をそらしたが、彼女の目が赤く腫《は》れているのを私は見逃さなかった。

「そんなんで、泣けるんかあ。泣き虫なんやなあ」

私は内心照れながら、冗談っぽくそんなふうなことを言った。その本を貸して欲しい、という勇気などもちろんなかったので、私は、自分でも同じ本を近所の書店で買って読んだ。設定は古いが、主人公の愛する女性夏子《なつこ》がかわいくて、前半は、二人の恋愛に同調して幸せな気分に浸ることができた。だが、愛する女が、唐突に流感で死んでしまい、私は、衝撃を受けた。佐織の言った「かなしい」というのはこういうことだったのか。私は、愛する人を失った主人公の気持ちに同化して涙を流した。

読み終わった翌日、休み時間になると、私は窓際にある彼女の机の前まで行った。

声に出して言うことはできなかったが、あれ、ほんまに悲しい話やったな、と心の中でそう呟いてみた。私は彼女のそばにいるだけで胸が熱くなった。

彼女は黙って本を読んでいた。

「今日は、何、読んでるの？」

「ジェーン・エア」

そう言って、彼女は本の表紙を見せてくれた。

「面白いの？」

「悔しくなったり悲しくなったり、読み出したら止まらへんえ」

「そうか。そんなに面白いのか」

彼女は黙って頷《うなず》いた。もう、それ以上、何も言うことがなくなり、会話はとぎれた。また、書店でその本を買おう。

それでも彼女のそばにいたかったので、私は開いた窓に肘《ひじ》をついて校庭で遊ぶ級友の姿をしばらく観察していた。彼女は、また、本に視線を落としたが、なんとなくこちらを意識しているのが感じとれた。秋の風が心地よかった。

「おーい、こいよ！」

ドッジボールをやっている仲間に呼ばれて、私は後ろ髪を引かれる思いで、グラウンドに走っていった。

　ドッジボールをしながら、ふと教室の窓の方に視線を走らすと、私の姿を見ている佐織の視線とぶつかった。それ以来、がぜん、ドッジボールをするのに気合いが入った。

　佐織がコップにビールを注いでくれたので、私は、急に、現実に引き戻された。私もお返しに彼女のコップに注いだ。机を挟《はさ》んで、校庭を見ていたあの時とちがって、今、彼女は私のすぐ隣にいる。

　ビールの中瓶をほぼ一本開け、ほろ酔い加減になったところで、一次会はお開きになった。

　二次会は『鵜飼《うか》い』だった。

　幹事の後に続いて私たちは渡月橋を渡った。佐織は相変わらず私の隣に並んで歩いている。

　私たちは、渡月橋を渡りきると、みんなの後ろから川に沿ってついて行き、船着場まで足を運んだ。

　提灯《ちょうちん》をぶら下げた屋形船が何艘《そう》か川に浮かんでいて、先に行った方のグループがすでに前の船を占領していた。私は、佐織と一緒にもう一方の船に乗り込むと一番奥までぐらぐら揺れる船の中を歩いていった。足を曲げて船底に座り、船の縁《へり》に肘をかけると、彼女が私の隣に続いた。他の者が来たので、彼女は私に腕がつくほどつめてきた。どぎまぎしながらも、寄り添ってくる彼女の素肌の感触に、先ほどの酔いとあいまって頭がのぼせ上がった。幹事から各自飲み物が配られたので、私は二人分のビールを受け取って、川に視線を走らせている彼女に渡した。

船が桂川《かつらがわ》を進み出すと、水面《みなも》を走る風が体に当たり、汗でじんわり湿気《しけ》た肌の温度が一気に下がった。それが酔いと合わせてなんとも心地よい。

その時、篝火《かがりび》を焚《た》いた鵜飼船が向こうの方から現われた。私たちは煌々《こうこう》と燃える炎に目を奪われた。数羽の鵜の首に縄が結ばれていて、鵜匠がそれを束ねて握っている。水面に放たれた鵜は、何度も水中にもぐり、魚を狙う。見事獲得した鵜は、鵜匠に引き上げられる。その光景を見ながら「せっかく捕ったえさをはき出させられてしまうやなんて、なんか可哀想やわあ」と佐織が呟いた。

「ただのショーやで。後からたんと食べるもんもらうやろう」

彼女は水面に揺れる炎を見つめながら「そうやね」と言って寂しそうに笑った。

「三次会は、行くの？」

実のところ『鵜飼い』だけで引き上げようと思っていたのだが、彼女も一緒だったら行ってもいいなという気になっていた。

「どうしようかな。西川君はどうするの？　一緒やったら行こうかな」

「ご主人とか子どもさんは、了解してるの？」

　さきほど一人と聞いていたが、念のために確認してみた。

「私、一人なんよ。一人で住んでるの。西川君は、奥さんと子どもさんがいてはるんやろう。ええの？」

「離婚したから僕も今は一人や。一人で京都にいてる」

「そうなん。西川君も一人なんや。でも仕事に生き甲斐感じてるやろう？　私なんか、好きでもない仕事をして、自分で自分のためにお金稼いでるだけやもん」

「何してんの？」

「通販の受発注の電話。朝から晩までお客さんの注文受けてへとへとになって、帰ってきたら一人で食事して……虚《むな》しい人生や」

「結婚相手の候補やったらいくらでもいたやろうに」

　彼女は寂しそうにうつむいた。

「西川君みたいにもてもての人とは違う」

「僕か？　全然もてへんかったで」

「バレンタインデーにチョコレートもろてたやんか」

「そうやったかなー」

「六年生の終わりの二月十四日は、結構みんな誰が誰にあげた、とか噂になってたから知ってるもん」

でも、肝心の君からはもらってない、といいそうになった。思い返せば、彼女はあの日、風邪で、学校を休んでいたのだ。

「もらったって言うても、義理チョコ一つだけや」

女子の中には男子数人に配っているものがいたのだ。学級委員を一緒にやった、沢井絵美《さわいえみ》から私はもらった。だが、彼女は他の男子にも渡していた。

「手作りのんは？」

「手作り？」

私は眉をひそめた。そういえば、その日、自宅の前にたどり着いたとき、電信柱の陰から赤いランドセルを背負った小さな女の子が出てきて、私に手提《てさ》げの紙袋を差し出した。顔はどこかで見たことがあったが、誰だか思い出せない。下級生であることは間違いない。

「あの、これ……一生懸命作ったの……」

紙袋の中をのぞくと、ピンク色の包装紙に赤いリボンがかけられた四角いものが入っていた。私がそれを受け取ると、女の子は逃げるように走っていってしまった。

家へ帰ってあけてみると、中にはハート形のいかにも手作りといった感じのチョコレートが入っていた。

一緒に添えられている封筒の中に大きなハートマークのカードが入っていた。

あなたは私のあこがれの人です。このチョコレートには、

私の愛情がいっぱいこもっています。

百合美《ゆりみ》

百合美かあ。私は苦笑した。やれやれ、あんな小さな子に好かれているとは。からかいの材料にされてはたまらないので、そのことは学校では話題にしなかった。しかし、その女の子に一言お礼を言おうと、正体だけは突き止めた。彼女は近所の書店の娘で、三年三組の荻田《おぎた》百合美という子だった。どうりで見覚えのある顔だ。私は荻田書店に本を買いに行くことがよくあったのだ。高校生の姉が、いつも店番しているのだが、時々、彼女もお店に顔を出すことがある。

ところが、その子は、私が話しかけようとすると、真っ赤な顔をして逃げてしまうので「ありがとう」も言えないままになってしまった。

書店の娘でふと思い出した。私は、佐織が昔読んでいた本をその書店で買ったのだ。

「武者小路実篤の『愛と死』読んでたやろう？　あれ、実は僕も読んだんや」

「そう、読んでくれてたんや。あれ……悲しい話やろう？」

「あれ読んだら泣くって言うてたやろう、君？」

「………」

「あんなに愛らしい人が風邪で死んでしまうやなんて……あんまりやな」

「スペイン風邪やって」

「そうやった、スペイン風邪や。今で言うたら新型インフルエンザみたいなもんかな。あんなふうにあっけなく死んでしまうやなんて……残酷な運命や。僕もあれ読んで泣いた。あんな愛らしい人とせっかく好き同士になったのに、あんなふうに突然失うてしもたら、一生立ち直れへんやろうな、きっと」

あの時は言えなかったが、私は今やっと彼女に愛を告白できた気がした。

「私のこと泣き虫って笑うたくせに、西川君も泣いてくれてたんや」

佐織の声が震えている。彼女は私の言ったことをよく覚えているのだ。佐織の方を見ると、彼女の顔が篝火の炎に照らされて右半分がオレンジ色に輝いている。頰《ほお》のあたりにきらりと光るものがあり、一瞬、その正体がなんなのか、私はわからず彼女の顔を見つめた。

彼女は泣いているのだ。

私は彼女の涙の意味を推し量《お》った。「愛と死」のあの切ない物語のことを思い出して泣いているのだろうか。それとも、私の告白に感動して……そこまで思いをはせてから、彼女が声を出して泣いているのに気づいて言葉を失った。船の中にいる間中、彼女はずっと泣いていた。二人で共有するつもりの悲しい物語のはずなのに……なぜか彼女は私を置き去りにして一人で悲しみの底に転がり落ちていってしまったようだった。

暗がりのうえ、花火を買ったものがいたので、その音と騒ぎにかき消されて、彼女が泣いていることに誰も気づかない。取り残された私はぼんやりと篝火を見つめていた。

三次会は、先斗町《ぽんとちょう》のジャズ喫茶だった。私たちは隣同士ソファに座ってジャズの生演奏を黙ってきいていた。彼女はあれからなにも言わなくなったし、私も、もう、なにを話していいのか分からなくなった。

三次会が終わり、おひらきになった。

何人かでタクシーに乗り合わせて帰ることになったが、佐織とは方向が違うので別のタクシーになった。

タクシーに乗ってから、私は後悔の念にさいなまれた。あのまま別れるべきではなかったのだ。佐織は、ずっと私の隣にいてくれたではないか。彼女も私に好意をよせてくれていたのだ。せっかく二十四年ぶりに逢えたというのに……もっと強引に、次に逢う約束をすればよかったのだ。

佐織のあの涙の真相を追求するべきだったのだ。あの涙には何かもっと深い意味があったに違いない。彼女は絶望の淵にいて、実は、私に助けを求めていたのではないか。

帰宅して、風呂に入ろうと、脱衣所へ行った。脱いだ上着のポケットから携帯を取り出そうと手を突っ込んでみると、中からピンク色の封筒がでてきた。そこには、西川哲哉様と書かれていた。裏返してみると、杉田佐織とあったので、先ほどの暗い気持ちから一転し、うれしさのあまり飛び上がりそうになった。

はやる心を抑えながら、封を開けてみる。中からやはりピンク色の便箋《びんせん》が出てきた。

私の気持ちがいっぱいこもったチョコレートです。

いつも私のことを見守ってくれているあなたが好きです。

卒業してからも、ずっとずっとそばにいてね。

Ｈａｐｐｙ Ｖａｌｅｎｔｉｎｅ

佐織

ハッピーバレンタイン……卒業してからも……。私はそう心の中で繰り返した。いったいなんのことだろう。

そうしてよく日付を見てみると、それは一九八六年二月十四日だった。つまり、二十四年前。なぜ今頃になって、佐織は私のポケットにこれを入れたのだろう。風邪で休んでいてチョコレートが渡せなかったから、その当時チョコと一緒に添えようと思って書いた手紙を今頃になって私に渡したくなったのか。

当時できなかった愛の告白をこういう形で、今、してくれた、そういうことなのか。

あの時、この手紙を受け取っていたら、私は彼女とずっと連絡を取り合い、二十四年の歳月は今よりずっと彩《いろど》りのある幸福な人生になっていたに違いない。

佐織の連絡先は、幹事の久保に聞けば分かるだろう。今からでも遅くはない。私は彼女に連絡しよう、そう決心した。

ところが、その翌日の夜、予想もしない悲報が私の耳に届いた。

清水寺の店の帳簿を整理している時のことだった。山田から携帯に電話がかかってきたのだ。

「おまえ新聞見たか?　杉田佐織、死んだんやと。今日の夕刊見てびっくりしたわ」

私は自分の耳を疑った。山田の説明に耳を傾けるがいっこうに頭に入らなかった。佐織が死んだ。目の前が真っ暗になった。

深呼吸を何回か繰り返し、冷静を取り戻すと、改めて考えた。

今日の夕刊に出ているということは、彼女は昨日あれからなんらかの事件に巻き込まれたということになる。ありふれた事故で新聞に出るとは考えられない。もしかして、殺されたのだろうか。

「事件か?」

「ようわからん。アパートで女性の死体発見、いう見出しや。それが彼女の名前やからびっくりした。西川、おまえ同窓会で彼女と仲良うしてたからなんか知ってるんかと……」

「いや、知らん。何新聞や?」

「みやこ新聞」

私は、電話を切ると、店を飛び出して、コンビニに走り、今日の夕刊を買って社会面を広げた。

〈女性の腐乱死体発見〉

という見出しだった。

腐乱死体? なぜ腐乱死体なのだ? いくら真夏だとしても、昨日まで生きていた人間が、仮に昨日のうちに死んだとして、腐乱死体で発見される、などということがあるのだろうか。

記事を何度も読み返してみる。一人暮らしの女性が死んでいると、アパートの管理人に匿名《とくめい》の電話が入ったので発見された、といった内容だった。

私は幹事の久保洋平に電話した。彼も山田からその話を聞いていたらしく、私に電話しようと思っていたところだと言った。

「杉田佐織、来とったやんなあ。西川君ずっと一緒におったけど、あれは確かに杉田佐織やったんか？」

久保にそう言われて、私は口ごもった。確かにそうか、と問われると……返事に窮《きゅう》した。

「でも、本人確認の封筒受け取ったんやろう？」

「ああ、そやから間違いなく彼女のはずや……」

それに、彼女と「愛と死」について話したとき、私が彼女のことを泣き虫と笑ったことを彼女は覚えていた。それは佐織しか知らない事実だ。断じて別人などではない。

「あれは、杉田佐織や。間違いない」

「そやけど、腐乱死体、いうことは、同窓会の日にはすでに死んでた計算にならへんか?」

久保洋平の声が震えている。

同窓会に来たあの女は……いったい誰だったのだろう。もしかしたら、あれは杉田佐織の幽霊だったのか。背筋に寒気が走った。

「警察に連絡した方がええな。もしかしたら、そのアパートで死んでいたのは杉田佐織ではなく別の女性かもしれんし……」

久保が言った。

「そうや。その可能性が高いな」

だが、それだったら、なぜ、佐織はそのことを何も言わないのだろう。自分のアパートに女の死体があれば警察に通報するはずだ。そこまで考えて、いやな方向に推理が向かった。犯人は、彼女なのではないだろうか。自分の部屋で女を殺し、そのまま放置しておいた。そして、同窓会に現われたのだ。だとしたら、普通の神経ではない。そんな冷酷な殺人者だったのか、彼女は……。私にはそうは見えなかった。

「こんなところであれこれ考えてるより、警察に行った方がええな。僕、彼女の出席の証となる封筒やらなんやら持ってるし」

結局、私たちは、警察に出頭した。

伏見署の担当刑事二人と喫茶店で話をすることになった。

年配の方の刑事が、彼女が来たことの証明となる案内状の封筒を見ながら渋い顔をした。

彼女の死亡推定日時は、同窓会の日より、四、五日は前だという。つまり、彼女が生きて同窓会へ来られたはずはないということだ。

「死体は間違いなく杉田佐織だったのですか？」

「ご家族に確認していただいています」

刑事の話によると、杉田佐織の両親は離婚している。原因は父親に愛人ができたからだった。父親がその愛人と再婚してから、佐織とも喧嘩が絶えなくなり、彼女は家を出て、アパートで一人暮らしをしていた。

父親の再婚相手というのが、元々佐織の知人だったため、実母、実兄とも不仲になり、彼女は孤独だったという。

義母から、父親の面倒を見ているのだから毎月仕送りするようにと強要され、派遣社員として転々といろいろな会社に勤めながら、家にお金を振り込んでいた。ところが、三ヶ月前に派遣切りに遭い、完全に失職してしまい、経済的にも困窮し、殆《ほとん》ど家に籠《こ》もりがちだった。

「間違いなく彼女だと？」

「ええ、それは間違いないです。顔だけでなく、左肩にある痣《あざ》の特徴、それに歯医者のレントゲン写真とも一致しましたから」

では、死んだのは、やはり杉田佐織なのだ。刑事は、杉田佐織の生前の写真を私たちに見せた。これが杉田佐織……。ああ、確かにそうだ。私は、小学生の頃の彼女の面影を写真の顔からはっきりと見い出すことができた。あの同窓会の女は別人だ。

同窓会に来たあの女、あれはいったい誰だったのだろう。

「死因はなんだったんですか？」

「今、司法解剖の最中です。自殺、病死、殺人、事故の四つの可能性が考えられますが、外傷は見つかっていません」

「そんな風に経済的にも困っていたとしたら……」

自殺なのではないか、と久保は言いたそうだ。

「外部から誰かが侵入した痕跡があるんです。窓ガラスが割られている」

「ということは、何者かが……」

彼女を殺した。

「杉田佐織の名をかたって同窓会に来たという、その女性が重要な手がかりを持っているような気がしますね。こちらでも調べたいので、できる限りの情報をください。当日、写真とかは撮っていませんか？」

「それが……」

久保が言うには、集合写真を撮影したが、その中に彼女はいなかったというのだ。

警察を出て、店に戻ると、私は奥の事務室のデスクに座って、一人考えた。

杉田佐織でない女がなぜ、同窓会の封筒を持っていたのだろうか。

しかも、その偽佐織は、なぜか親しげに私に接近してきて、そして、バレンタインデーの手紙を私のポケットに忍ばせた。

一つだけ、確実なのは、その女は、佐織がすでに死んでいることを知っていた。知っていて、代わりに同窓会に現われたのだ。ガラスを割って、佐織の部屋に侵入したのは、彼女ではないか。そして、佐織を殺して、部屋から案内状の封筒を持ち去り、同窓会へ来たのだ。

私は女との会話を必死で思い出した。

実篤の小説の話など、まるで佐織といっても違和感がないくらい自然だった。「愛と死」の内容だってちゃんと知っていた。あれを読んでいる人など今時珍しいのではないか。あの女は、佐織とごく近しい人間だったのではないか。

そこで、私は、佐織を殺した偽佐織がいったい誰なのか、ある仮説をたててみた。

翌日、私は、昔自分が住んでいた、T町の近所の商店街へ足を運んだ。二十四年前、このあたりはまだ八百屋、肉屋、花屋、文房具屋など小売店でにぎわっていたが、スーパーやコンビニの影響で、殆どの店は、新築に取って代わっているか、シャッターが下ろされているかしていた。

案の定、昔、私が本を買っていた荻田書店もつぶれてなくなっていた。だが、家の表札の名字が荻田となっていた。まだ、ここに住んでいるのだ。

私は思い切ってチャイムを鳴らしてみた。

六十代くらいの見覚えのある女性が出てきた。本屋のおばさんだ。

突然の訪問を詫《わ》び、私は自分の名前を名乗ったが、覚えていないようだった。荻田百合美のことを尋ねた。

「大阪にいてます」

「連絡先とかは、分かりますか？」

「………」

「じゃあ、こちらの連絡先をお渡ししておきますので、電話をくださいとお伝え願えますか。多分、彼女は私のことをよく知っていると思います。バレンタインデーに手作りのチョコレートをもらったことがありますから。大昔の話ですけれどもね」

おばさんは「まあ、そうどすか」と言ったきり、しばらく私の顔をぼんやり見つめていたが、「ちょっと待ってください」と言って、いったん家の中に入ると、また戻ってきた。

荻田百合美の電話番号と住所の書かれたメモ用紙を渡された。私は自分の連絡先をおばさんに差し出し、その場を立ち去った。

数日後、百合美から電話がかかってきた。同窓会で会った佐織とよく似た声だった。

私たちは、左京区にあるベルギービールの美味《おい》しいお店へ行った。待ち合わせに現れた荻田百合美は、同窓会で逢った偽佐織だった。

「私やとようわかりましたね」

百合美は言った。

「手作りのんは？　って君、聞いたやろう。それで思い出したんや。手作りのチョコをもらったんは君からだけやったしな」

百合美は顔を赤らめてうつむいた。

「それに君は書店の娘や」

佐織は読書家で、荻田書店の常連だった。百合美のこともよく知っていたに違いないと推理を働かせたのだ。案の定、佐織は、お店をうろちょろしている百合美のことをかわいがってくれていたらしい。

　私が時々、書店に来ることは、百合美から佐織に伝わっていた。だから、私が「愛と死」を買ったことも、佐織は知っていた。それを聞いて、彼女は飛び上がらんばかりに喜んだのだと言う。彼女にとっても、私は初恋の人だったのだ。

「君が彼女の代わりに同窓会に来たいきさつは？」

　百合美は、佐織とは時々連絡を取り合っていたのだという。お互い、独身の身だし、仕事的にも恵まれていなかった。二人とも派遣社員で仕事を転々としているせいで、親しい友人も殆どいない寂しい人生だった。子どもの頃から顔見知りの佐織とだけ、彼女はうち解けて話すことができた。

「同窓会の案内状が来たって話が出たんよ。でも、彼女、失職したばかりで、そんなところへ行く気にはとてもやないけどなれへんって言うてた。それから、ふと、西川君の話になったんよ。彼女、西川君を見かけたって。清水寺のお土産物屋さんで。寂しそうに笑って、『私なんか振られてしもたけど』って」

「僕は彼女を振った覚えないけど」

「私が悪いの。私のせいなんや」

「どういうこと？」

彼女はそれには答えずに続けた。

「『愛と死』を買うて読んだはったくらいやから、きっと、佐織さんのことは、西川さん、忘れてはらへん、と励まして同窓会に参加するように強く勧めたの。そうしたら、彼女少し元気を取り戻して……」

それで、佐織は、私に会いに同窓会に参加してみる気になったのだという。

同窓会の一週間ほど前に、一緒に食事をしようと約束したのだが、風邪で来られないと連絡があった。

「何か食べるもんでも持っていこかって聞いたら、『新型インフルエンザかもしれんから、移したら悪いからいい、元気になったらまた連絡する』って」

それから二日後、なんとなく胸騒ぎがして、佐織に電話してみたが留守だった。夜中に電話しても出ないので、心配になり、翌朝、百合美は彼女の住むアパートへ行ってみた。一階なので、ベランダから回りこんで中をのぞくと、布団から這《は》い出した状態で横たわっている彼女が見えたので、窓をたたいてみたが反応がない。電話をかけてみたが、彼女は微動だにしなかった。

百合美は救急車を呼ぼうと思ったが、その前に窓ガラスを割って、部屋に侵入した。横たわっている佐織の首筋に手を当ててみるが脈拍はない。何度もゆすってみたが、彼女は死んでいるのだと、ようやく理解した。

改めて、部屋を見回してみると、部屋にはテレビすらなく、彼女が本当に質素な生活をしているのが、うかがえた。

一番ショックだったのは、冷蔵庫の中をあけたときだった。中はほとんど空っぽ、米びつに米もほとんど残っていなかった。

インフルエンザで体力が落ちているのに、充分な栄養も取っていなかったのだ。

なぜ、自分にもっと頼ってくれなかったのだ、とそのことが悔しくて悔しくて、しばらく百合美は死体にすがって泣きわめいた。

ちゃぶ台の上に、同窓会の封筒がおいてあった。彼女は同窓会へ行って、私に会うことを唯一の楽しみにしていたのだという。

「せめて、彼女の身代わりでもいいから、願いをかなえてあげたかったの」

「だから彼女に代わって君が？」

「ええ、同窓会の日まで死体が発見されないように、誰にも知らせなかったの」

佐織を布団に寝かせて、カーテンをきっちりとしめて、その場を立ち去ったのだという。

百合美は、屋形船に乗っていたときみたいに嗚咽《おえつ》し始めた。私はあの時の涙の意味を今やっと理解した。「愛と死」の恋人夏子みたいに、風邪で死んでしまった佐織のことを思って、彼女は泣いていたのだ。

「あのバレンタインデーの手紙は？　あれはいったい……」

「実は、あの手作りのチョコレートなんやけど……あれ、私からと違うの」

「あのチョコレートって？」

「二十四年前のチョコレート。あれ、佐織さんから頼まれたものやったん。あなたに渡してほしいって。そやのに……」

そこで彼女が黙り込んだので、私は続けた。

「でも、君からのカードかてちゃんと入ってたやんか」

「あれは、お姉ちゃんのいたずらやったん。前日、風邪で寝ている佐織さんのお見舞いに行った時、チョコレートを預かったんで、机の上に置いてたら、お姉ちゃんがこっそり、中に入っている手紙をすり替えてしまって……。そうとも知らんと私、西川さんにチョコを渡して……」

その夜になって、百合美の姉が、チョコに添えるはずの手紙を見せて「あんたがチョコあげたと誤解してるで、あの子」と言って大笑いしたのだという。百合美は恥ずかしさのあまり、真っ赤になって姉に抗議したのだという。

「お姉ちゃんは冗談のつもりやったんかもしれんけど、佐織さんは本気の本気やったんや。そやから、私、手紙をお姉ちゃんにそんなことされたってよう言えへんかったの。あの時、すぐに謝って、手紙を西川さんに渡してたらよかったんやけど……」

まだ、小学三年生だったのだ。仕方がないのかもしれないが、運命のいたずらというのは残酷なものだ。それで佐織と私の運命は大きく変わってしまったことになる。

「ホワイトデーになって、西川さんが他の女子にお返ししてるのに、佐織さんに何もかえさへんかったから、ものすごくがっかりしてた。あんまりがっかりしてたんで、手紙のことはよけいに言えへんようになったの。ごめんなさい」

百合美は、彼女にいつか打ち明けられる日が来るだろうと手紙をずっと実家の金庫にしまっておいたのだという。

百合美は、佐織の死顔に何度も手を合わせて謝った。そして、せめてもの償《つぐな》いに、同窓会の日に姉にすり替えられた手紙を私のポケットに忍ばせたのだという。

私は帰宅してから、もう一度、ピンクの封筒を机から出して、読んでみた。

仕事を失い、食べるものも食べずにインフルエンザウィルスに侵され、たった一人死んでいった彼女の最期《さいご》を私は思い描いた。

手紙を胸に当てて、あのとき食べた手作りのチョコレートの味を蘇《よみがえ》らせようと、目を閉じ、自分の意識を二十四年前にタイムスリップさせてみた。頭の中でチョコを何度もかみしめながら、消化しきれない彼女の苦悩を想像した。底の見えない深い悲しみの味が口いっぱいに広がった。

謎の転校生

　私は、教室に入ると、転校生の真田清《まだきよし》の横顔に目を留めた。彼の方でも、私の視線に気づくと、すぐにこちらを見返してきた。やはり、あちらも私のことを意識しているのだ。彼は京都市立城沢《しろざわ》高校二年二組、つまり私たちのクラスに編入してきたばかりだった。真田の刺すような視線に私の心はかき乱された。

　ついこの間までの私の平穏な日常は、真田のせいですっかり狂ってしまった。私にとっての平穏な日常とは、中原瞬《なかはらしゅん》ばかりを見つめている日々のことだった。

　中原瞬は秀才でスポーツ万能、学級委員長も務めているからクラスの女子の憧れの的だった。彼のことを遠目に眺めているのが学校での私のささやかな楽しみだったのだ。内弁慶《うちべんけい》で平凡を地で行ったような私が、彼のような人気者と親しくなれるわけがない。彼のそばには、中学校時代からの彼女である葉神里香《はがみりか》がいつも一緒にいるのだからなおさらだ。

　葉神里香は勉強はそこそこできるが、肌の色が浅黒くてさほど美人ではない。どちらかという可愛い系の顔立ちをしており、明るいのだけが取り柄、と私の目には映るのだが、その天真爛漫《てんしんらんまん》ぶりが不思議と男子には受ける。

私は、彼らを遠巻きに見ながら、コミックやテレビドラマなんかによくある、平凡で内気な少女が愛を告白されるラブストーリーを頭の中で繰り広げているだけで、心がときめいてしまうのだ。われながら単純バカなのは認めるが、そんな毒にも薬にもならない日常こそ、私が安心して身を置ける高校生活だった。

真田は私から視線をはずすと、中原と竹宮《たけみや》、葉神らの輪の中に入ってなにやら話しはじめた。中原と竹宮は同じ衣川《きぬがわ》中学校出身なので、三人が輪になって話しているところはよく見かける。だが、三ヶ月ほど前に転校してきたばかりの真田が、どうしてああも簡単に中原たち、いわばクラスでも中心的なグループに溶け込むことができるのか、謎だった。

私は、彼の顔をしげしげと見つめた。

小柄で、丸顔、目のくりっとした童顔。勉強がズバ抜けてできるわけでもない。

彼が普通とちょっと違うと思ったのは、転校してきた初日に、通り一遍の挨拶《あいさつ》をするや、またたくまにみんなの中に溶け込んでしまったことだ。

そのすーっと溶け込む感じは、評価に値するほどうまかった。教室の人数は一人増えているのに、何も変わらない、とにかく、来た初日から、テレビやラジオの深夜番組、漫画の話などを適当にみんなとあわせられ、目立ちもせず孤立することもない。

「あの真田君って、この間、転校してきたばっかりやと思われへんな」

　中原や他のクラスの男子と無邪気にはしゃいでいる彼を見ながら、私は親友の夕子《ゆうこ》に感心したように言ったことがある。彼女もうなずきながら彼の方を見ていた。

「ほんまやな。最初からこのクラスにいたみたい」

「転校を何回も繰り返してきたからとちがう？」

　孝子《たかこ》が口を挟んできた。私と夕子と孝子はいつも三人でいた。私たちは同じ商店街に住んでいて、幼稚園からずっと一緒なので、どうしてもそういう成り行きになってしまうのだ。また、三人でいるのがあまりにも居心地がいいので、他の友達を開拓しないで三人の世界に閉じこもっていた。

「なんで、そう思うの？」

　夕子が聞いた。

「多分、彼は転校を何度も繰り返しているうちに、そういうことに長《た》けた人間になったんよ。つまり新しいクラスに適応することに慣れてるってこと」

「経験かあ。つまり私らみたいに同じ環境に漬《つ》かりっぱなしの人間とは逆ってこと？」

「逆ってほどのこともないけど、まあ、なんでも多くを経験すると、それが得意分野になるってこと。机に向かって勉強しているより、体で覚えるほうがよっぽど社会にでて役に立つんやって」

孝子の家は私の家の筋向いにある和菓子屋だが、彼女には二人の姉がいて、どちらも会社勤めをしているOLだ。夕子は商店街の中に家を構えているが、父親は普通のサラリーマン、商売をしているわけではない。おまけに一人っ子なので、のんびりした性格だ。私は商店街の中にある本屋、荻田書店の長女で、祖父の代からずっと地元に根ざしている。私たちは、孝子の姉の説得力ある言葉をいち早く聞くことで自分たちが一段大人になったような気になっていた。

それにしても、体で覚えるとはよく言ったものだ。孝子にそう言われて、真田をよく観察してみると、なるほど、彼は、適当に話してはいるものの、みんなの注目を集めるようなことはいっさいなく、溶け込み加減を体でよく心得ているように見えた。

それ以降、彼のことを特に意識したわけではない。なんといっても、私は中原瞬に夢中だったのだから、ほかの男子になど全然目が行かなかったのだ。

神奈川県という知らない土地から来た転校生の気持ちになど、さほどの興味はなかった。

その私がここ数日、中原瞬のことより真田清のことを気にかけるようになったのは、彼のことで、説明のつかない秘密を知ってしまったからだ。

今の私は、中原らと楽しそうに話している真田のあの姿は、本当の真田ではないのではないか、と疑いの目で見ていた。真田清の方でも、私の視線の意味に気づいているようだった。

＊

私にとって、彼が、謎の転校生と化したのは、冬休み明けの一番最初の金曜日に拾ったある手紙からだった。

その日は、珍しく午前中だけの授業だった。私は、いったん帰宅して家でごろごろしていたが、週明けまでに仕上げなければいけない冬休みの宿題用の資料を教室に忘れたことを思い出し、あわてて学校へ戻った。

あわてていたのは、午後から暇になったので、夕子と孝子と三人で河原町通《かわらまちどおり》まで、去年の十二月に公開された「バック・トゥ・ザ・フューチャー」を見に行く約束をしていたからだ。冬休み明けに学校へ行ってみると、その映画がクラス中で話題になっていたので、私たちも遅ればせながら行くことにしたのだ。

あまり勉強熱心でない私は、レポートは、日曜日になってから速攻で仕上げればいいや、といいい加減な気持ちしかなかったのだが、とりあえず、家に持ち帰っておく必要はあった。私は早足で学校まで行くと校舎の階段を駆け上がり、教室の前までたどり着くや、乱暴に扉を開けようとした。が、たてつけが悪いせいでなかなか開かなかった。

「くそー、このオンボロ!」

腹立ちまぎれに、扉を思い切り蹴飛ばして、もう一度取っ手を横にスライドさせようと力を入れたら、今度はすんなり開いたので、私は中に飛び込んだ。そこで、教室から出ようとしていた誰かと衝突してしまったのだ。私とぶつかった衝撃で、その誰かのカバンが床に落ち、そこから飛び出したノートや教科書、筆箱などが床に散らばった。散らばった教科書から顔をあげたとき、私はぶつかった相手が真田清だと初めて気づいた。彼がいったいなぜこんな時間に一人で教室に残っていたのか、という疑問を持つ余裕もなく私は「あっ、ご、ごめんなさい」と謝りながら、床に散らばったノートや教科書を拾い集めた。

彼はしゃがんだ状態で、床に散乱している鉛筆や消しゴムを筆箱の中に入れて蓋《ふた》を閉じると、私がそろえ集めた教科書とノートを受け取りカバンの中にしまった。

私はもう一度彼にぺこりと頭を下げて謝った。

「ずいぶん慌《あわ》ててるみたいだね。忘れ物?」

落ち着いた声で彼にそういわれて、自分が扉を蹴飛ばして暴言を吐いたことを思い出し、羞恥心《しゅうちしん》で顔が熱くなった。内弁慶の私は、学校ではいたっておとなしい生徒なのだ。意外な側面を彼に知られてしまったことが恥ずかしかった。

そんな私とは対照的に、真田清はただ冷静にこちらを見つめているだけだった。そんな彼を前にして、これしきのことであたふたしている自分がいかにも間抜けな感じがするのだが、あがり症の私の心臓の鼓動はますます早まった。

「レポート。週明けまでにまとめないといけないから、だから、だから、忘れたから、慌ててしまって……」

私はしどろもどろになりながら、小声で答えた。

「ああ、秋の京都についてのレポート？」

「うん、そう、それで急いでいて、だから……」

思わず、教室の扉を蹴飛ばしてしまった、とは言えなかった。

「僕は転校してきたばかりだから、今回はいいって先生に言われてるんだ」

それはそうだろう、と私は内心うなずいた。京都のあちこちのお寺をクラスで見学に行ったのは、彼が転校してくる前のことなのだ。

「あんまり慌てないで、レポートがんばってね」

彼はそう私を励ますと教室から出て行った。なんだか、大人に諭《さと》されたみたいだった。

あれが、クラスで他の男子とゲームだなんだと馬鹿話に相槌《あいづち》を打っている真田清なのか？とても同じ人間とは思えなかった。向こうは、教室にいた理由を一言も述べないのに、私はまるで悪いことをしたみたいに必死でいいわけしている。こういう時の自分の小心さが、われながら歯がゆい。私は自分の席に行き、机の中から資料を探し出して、カバンに入れた。私は、さっき自分が勢いよく蹴飛ばした扉の方へ歩いていった。

扉の一メートルほど手前、ちょうど私と真田がぶつかったあたりに、白い封筒が落ちているのに気づいて、私はそれを拾った。

もしかして、真田の落し物？　そう思い、私は、封筒の宛名を見て違うことに気づいた。宛名には、杉村雄一《すぎむらゆういち》様と書かれている。そんな名前の生徒はこのクラスにはいない。先生にも、杉村という名前はない。なのにどうしてこの手紙は、こんなところに落ちているのだろう。あて先の住所は、京都市右京区〇〇町２‐２‐２０１となっている。町名番地からして学校からさほど遠くはない。

封筒を裏返して、差出人の住所を確認してみる。

〒５３４‐８５８５　大阪府大阪市都島区友渕町１‐２‐５
安伊聖子《やすいせいこ》

この名前にも覚えはない。どうやら大阪に住んでいる女性らしい。杉村雄一というのが誰なのかわからないので、私は、そのまま、封筒をカバンにしまって帰宅した。

家の前までたどり着くと、うちの書店から出てくる竹宮昇《のぼる》と出くわした。今日は同じクラスの男子とよく出くわす日だ。いつも中原瞬と一緒にいる竹宮もクラスでは秀才の部類に入る。彼らの出身の衣川中学校は校区が高級住宅街のせいか、教育熱心な家が多い。

それにくらべて私の出身の高山中学校は、殆《ほとん》どの生徒の成績があまりぱっとしない。衣川中出身者からみれば高山中出身というだけで一段下に見られがちだった。負けん気の強い高山中出身者の中には、悔しがって必死で勉強して、ぐんぐん成績を伸ばす者もいたが、夕子、孝子を含めた私たち三人組は、全然そんなことは気にしなかった。向上心がないといわれればその通りなのだが、世の中には勉強以外に楽しいことがいっぱいあるのだ。

「あっ、竹宮君」

私がとっさに小声で彼の名前を言うと、彼は「やあ」と言ってから「君も本を？」とさりげなく訊《たず》ねてきた。

「ここ、私の家なん」

竹宮はちょっとびっくりしたように目を丸くしてから、書店の名前を見て納得顔になった。

「ああ、荻田書店って荻田君とこなんか。へえ、そう」

私が書店の娘であるというのは、同じ中学校出身者以外にはあまり知られていない。竹宮や中原は別の中学出身なので、私がここの書店の娘だということを知らないのだ。

彼がその時ちょっとばつの悪そうな顔をして、さっさと行ってしまったので、私は、彼がどんな本を買ったのか無性に知りたくなった。まさか制服姿でエロ本はないだろうがマニアックで変な本を買ってたりしてたら、ちょっと笑える。

それに、夕子や孝子と三人だけの閉じた世界にこういうちょっとした新しい話題を持ち込むのは、風通しの悪い部屋にさわやかな空気を入れるような心地よさがあるのだ。

さっそく、竹宮が何を買ったのか、母に確認しようと店に入ってみると、店番をしているのが妹の百合美だったので、私はがっかりした。

この妹が小学生のくせに強情でなかなか一筋縄ではいかないのだ。こっちが知りたいことだと分かると簡単には教えてくれない。

「あ、お姉ちゃん」

「お母さんは？」

「ちょっと買い物にでかけたん。三十分くらいで帰ってくるって。お姉ちゃんが帰ってきたら、店番代わってもらいなさいって」

「あかん、あかん、今から映画見に行くの！」

「映画？　なんや遊んでばっかりやな。もう冬休みも終わってんのに、勉強もせんとよう映画なんか見に行くわ」

まったく姉に対する敬意のかけらもない口のきき方だ。私はむっとした。だいたい、たとえ短い時間でも小学生の娘に店番させる母も母だ。荻田書店には、本のコーナー以外にかわいい文具も置いてあり、時々、万引きの被害にあうことがあるのだ。

「お母さんかて、今日、私が映画を見に行くの知ってるし。あんたこのままお母さんが帰ってくるまで店番しといて」

「佐織ちゃんとこへ行く約束してんの」

杉田佐織は近所に住む小学六年生の比較的おとなしめの女の子だ。ここへよく本を買いにくるので、たまに店番をしている百合美と仲良しになったのだ。

「『チャレンジ三年生』見てもらうことになってるから、もう行かんと」

「あんた、なんで同い年の子と付き合わんと、そんな年上の子とばっかし遊ぶん？」

「勉強教えてもらうんやもん。佐織ちゃんは、優しいから丁寧《ていねい》に教えてくれるの。お姉ちゃんみたいにきんきん怒らへんし、スムーズに進むの」

「シール集めてプレゼントもらうためにやってるだけやろうな。人にやらせてたらあかんで。なんでも、自分でやらな、身につかへんし」

『チャレンジ三年生』という教材では、赤ペン先生の問題に解答して提出すると、「がんばりシール」というのが送られてくる。集めたシールで努力賞プレゼントというのがもらえるので、百合美はそれ目当てで続けているのだ。佐織に問題をやってもらって、安直にシールを集めるつもりなのだ。

「お姉ちゃんにいわれとうないわ！　赤点ばっかり取って、お母さんに怒られっぱなしのくせして！」

「うるさいなあ」

私は、百合美の頭を拳固でたたいてから、柱時計に目をやった。夕子たちとの待ち合わせの時間までに、三十分くらいはある。それまでに母は買い物から帰ってくるだろう。

「じゃあ、店番かわってあげてもええわ。でも、そのかわりに、さっき、ここの店に本買いに来た高校生、ここで何買ってたか教えて」

「何買ってたって、えーと」

百合美はさももったいぶった顔で黙り込んで考え込んでいる。

「何、買ってたんやってきいてるの！」

私は怒気を含んだ声で聞いた。

「あれ、えーと……」

また、黙り込む。

「えーと、なんやな？」

「えーと、えーと、忘れた！」

嘘《うそ》つけ！　私は思わず百合美のほっぺたを思いっきりつねった。

「どないしたん！　また、喧嘩《けんか》してんの？」

後ろから険《けわ》しい声が聞こえてきた。母が帰ってきたのだ。

「いたい、いたい、お姉ちゃんがほっぺたつねるねん」

百合美は、母の方を見ながら、もう嘘泣き態勢に入っている。

「奈々子《ななこ》、あんたって子はもう！」

百合美をかばうように抱きしめながら、母は私の方を睨《にら》んだ。

また、喧嘩したの、高校生にもなって小さい子供相手になんて大人気ないの、ぜんぜん成長しないんだから、とその顔から母の心の中がうかがえた。母はものごとの本質の全く見抜けない人なのだ。小さいから弱いとは限らないのに、百合美が泣けば、悪者になるのはかならずこの私だった。

ひとしきり母に慰めてもらってから、百合美は甘えた声で言った。

「佐織ちゃんとこへ、お勉強しに行ってもいい？」

「ええよ。留守番させて悪かったな」

母はとろける笑顔でそう言った。杉田佐織は、母の中では、非常に好感のもてる女の子なのだ。武者小路実篤や志賀直哉《しがなおや》、山本周五郎《やまもとしゅうごろう》など小学生にしてはやけに難しい本を買うので、母は、すっかり感心してしまっている。

読書家で、控えめで礼儀正しく、しかも、百合美に勉強まで教えてくれる優しいお姉さんというのが母の杉田佐織に対するイメージだった。それに比べて、私は、高校生のくせに勉強もしないで遊んでばっかりいて、しかも小さな妹をいじめる未熟者。私は杉田佐織を引き合いに出されて、母からますますひどい評価を受けてしまうのだった。

百合美は姉の私といる時とは違い、大人や年上の子の前ではうまく猫をかぶって取り入るのが得意だった。

「ああ、グリコのチョコアイス食べたいわー。真冬にコタツの中で食べるアイスは格別や」

百合美は、独り言を言いながら、表に駆け出して行った。

竹宮昇が買ったものがなんなのかを教えてもらいたかったら、アイスを食べさせろ、ということなのだ。

大人気《おとなげ》ないと分かっていても、私は悔しさのあまり唇をかんだ。

「ああ、なんて、汚いやつ」

「汚いって、百合美のこと言うてるの？　お友達の家に勉強しに行くのよ、百合美は。お利口さんじゃないの」

「どこがお利口なんよ。チャレンジを佐織ちゃんにやらせて、シール集める算段なんよ。みえみえやんか」

「なんでそんなひねくれた解釈するのよ。だいたいそういうあんたはなによ。こんなところで妹と喧嘩してる場合やないでしょう。二学期の成績見て、お母さん、腰が抜けそうになったわ。授業態度のところを見てまたびっくり。学校では、消極的で自分から発言することは殆どないって書いてあるやないの。別人のことかと思ったわ。家で妹にえらそうな口きいてんと、もっと学校で発言しなさい。成績が悪い分、先生に気に入られてなんとか推薦入学枠に入れてもらうとか、そういう努力だけでもしたらどうなんよ！」

なんだか雲行きがあやしくなってきた。推薦枠なんて、いまさらどう努力したって無理に決まってるではないか。

「今から、夕子と孝子と映画見にいく約束してるんやもん。勉強は帰ってきてからでええってお母さん言うてたやんかあ」

「あんた、もっと勉強好きのお友達と付き合ったらどうなん。幼馴染《おさななじみ》もええけど、向上心なさすぎひん？」

悪かったな。確かに、夕子と孝子は勉強も運動もぱっとしないから学校では殆ど目立たない。努力するのもあまり好きではない。だから、私たちはいつも三人で足並みそろえて平穏な高校生活を送っているのだ。ここで、私が急にガリ勉して成績優秀な生徒になったら、それは二人に対する裏切りというものではないか。

母から逃げるように二階の自室へ行くと、制服を脱いでベッドに投げ出した。ジーパン、セーター、ダウンジャケットを着込んで、家を飛び出す。

私たち三人は近くのバス停で待ち合わせして、河原町通の映画館へ行った。

「バック・トゥ・ザ・フューチャー」は級友が興奮して話していた通り、すごく面白い映画だった。私たちは帰りにマクドナルドに寄って、ジュースを飲みながら、ひとしきり映画の話に花を咲かせた。

「あの主人公のマーティー役の俳優、ええわあ」

夕子が言った。

「そうかな。なんかカワイすぎひん？」

私が言うと、すかさず孝子が言った。

「アメリカ人にしては、小柄で童顔。親近感が持てるやんかあ。そこがええ」

「あっ、なんかこの間転校してきた、真田清に似てへん？」

夕子がそう言ったので、私はドキリとした。映画を見たおかげで、真田と教室でぶつかったことをすっかり忘れていたのに、傷口をほじくり返されたみたいだった。そんな私の気持ちなど、おかまいなしで、孝子も夕子の意見に同意して、しばらく真田清の話になったから、私はその間中黙り込んでいた。

帰りのバスの中でも、私たちは映画の話ばかりしていた。

帰宅してみると、百合美が茶の間のコタツに肩までもぐりこんで、テレビを見ていた。当分、百合美の顔など見るのも不愉快なので、私は二階の自室に行った。わずか四畳半の部屋だが、高校生になってから、母親に懇願してやっとここを自分一人の部屋として獲得したのだ。もちろん百合美が生まれるまでは、茶の間の横にある八畳の和室に私は一人でいたのだが、百合美が幼稚園の年長組になった時、両親がいきなり二段ベッドを置き、その部屋を二人で使うように強引に決めてしまったのだ。それから二年間ほど毎日が戦いだった。もちろん腕力では私が勝つのだが、百合美はどこで覚えたのか、噛み付くという必殺技で私に抵抗してくるから、たたきあいの喧嘩はエスカレートしていった。そんなことを何十回と繰り返しているうちに、私と妹の関係は険悪になり、同時に私は両親の信頼を完全に失ってしまったのだ。

私は、ベッドと机がやっとの部屋の片隅においてある学校のカバンを見て、昼間、教室で拾った手紙のことを思い出した。

私はカバンから手紙を取り出すと、すでに封の破られている封筒から便箋《びんせん》を出して広げてみた。学校の先生みたいに読みやすいきれいな字なので、思わず文面に目を走らせた。

前略

あなたから再び手紙が届くようになって、毎日が、心が躍《おど》らんばかりにうれしい日々になりました。一時、手紙が途絶えたときは、本当に辛《つら》かった。あなたの手紙は私の生命線です。だから、どうか絶やさないでください。

今、私はこの手紙を書きながら、あなたの顔を思い浮かべています。

アクリル板越しにあなたの顔をみたのは、今からちょうど一年前になりますね。

会うのはやめようということになって、早や一年が過ぎました。

目の前にいるあなたの温《ぬく》もりをこの肌で感じることができないことは、私にとっては拷《ごう》問《もん》のような苦しみでした。あなたも同じ思いで面会に来てくれていたことを知り、「もう面会には来ないで、そのほうが楽」と私が言い、あなたはそれに同意してくれました。

正直のところ、こんな状況になった今、あなたのことを忘れられるものなら忘れたい。でも、忘れることなんて到底できません。だから、手紙だけはください。あなたからしばらく手紙がこなくなった時、ついに見放されてしまったのかと思い、生きる気力をなくしてしまいました。先の手紙にも書いたように、いっそ、死のうかと思ったくらいです。あんな手紙、脅迫にとれてしまったかもしれません。今も私はあなたを脅迫しているのかもしれません。だとしたら、私はなんて嫌な女なのでしょう。

でも、自分がそれほど強くないことをここへ来て嫌というほど思い知りました。あなたからの手紙だけを心のよりどころに日々をすごしているのです。

私への気持ちが全然変わっていないというのは本当でしょうか？　私への思いをもっと沢山書きたいから、今はワープロで書いているというあなたの言葉を信じてもいいのでしょうか？　ワープロになってから、前より枚数が増えたので、長い時間読んでいられるのがうれしいです。

判決が下ってしまったら、いよいよ刑務所での生活です。そうなったら、親戚以外の人間とこんなふうに自由に手紙のやりとりはできなくなります。その時は結婚しようって、あなたは言ってくれましたね。涙が出そうなほどうれしかった。犯罪者の妻がいるなんて、世間に知れたら、あなたの将来に傷がつくのに、そこまで覚悟してくれているあなたの愛はやっぱり本物なのだと信じています。

私の無実を証明する、とあなたは意気込んでいますが、そんなことは無理。私の方はすっかり諦《あきら》めています。もういいのです。一度起訴されてしまえば、真犯人が名乗り出てくれない限り、九十九パーセント有罪になるのです。

厳しい取調べに屈して、調書に判をついてしまった私が悪いのです。

判決が下ればいさぎよく刑務所へ行きます。

刑期を終えて、もし出所できる日が何年か先に訪れた時、まだ、あなたの気持ちが変わっていなければ、あなたの愛が本物だという証《あかし》です。あなたと会って、抱き合いキスして互いの肉体を確かめ合う日が来ることを想像しながら、毎日を過ごしています。

真の愛をつかんで、私たちが結ばれる夢に浸《ひた》っていれば、なにも怖いものはありません。

昭和六十一年一月某日

杉村雄一様

安伊聖子

手紙を読み終わった私は、しばらくぽかんとしていた。

これはもしかして、犯罪を犯した人が刑務所から送った手紙なのか。それにしても、なんて情熱的な内容なのだろう。実在する女性の生々しい愛情表現に私は打ちのめされた。この安伊聖子という人が、犯罪者だということが、よけいに私の心を刺激した。彼女が杉村雄一という人に送った獄中からのラブレター。いや、まてよ。

改めて封筒を裏返して住所を確かめる。

〒534－8585　大阪府大阪市都島区友渕町1－2－5

これは、大阪の普通の住所だ。何々刑務所と書かれていない。つまり、何かのジョークかいたずらなのではないか、と私は思い直した。

私は一階の店へ行った。店の中はすでに閉店しているので真っ暗だった。母に見つからないように懐中電灯を片手に、こっそりと近畿《きんき》の地図を見つけ出し、自分の部屋に持ち帰った。こういう時、本屋というのは便利だ。何かを調べるのに図書館まで行く必要がない。私は大阪の都島区付近の地図を机の上に広げて問題の住所を探してみた。都島区友渕町を調べて、そのページをひらいて、私は飛び上がりそうになった。探し当てた住所には、大阪拘置所の敷地が記載されているのだ。

拘置所？　そこで手紙の文面に再び目を走らせる。この手紙の主は、今、拘置所にいて、まもなく刑務所に入るということなのか。刑務所ではなく拘置所に彼女はいるのだ。

いずれにしても、これは、やはり犯罪者からの手紙ということになる。そんなことってあるのだろうか。こんな手紙が、どうして、二年二組の教室に落ちていたのだ。杉村雄一という男があそこの教室に来て落としていったのか。

犯罪者の恋人がわれわれの教室に来た。そう考えただけで、元来が気の小さい私の心臓はどくどくとせわしなく鼓動しはじめた。

昨日までのごく普通の高校生活が、この手紙によって、一変してしまったのだ。さっき、教室で、真田清とぶつかって、この手紙を拾うまでは、なにごともなかった私の日常が。せっかく見た、「バック・トゥ・ザ・フューチャー」のあのすばらしいストーリーですら、私の頭からすっかり吹き飛んでしまった。

私は手紙を引き出しにしまうと、ふらふらとした足取りで階段を下りて、茶の間へ入り、コタツから少し離れた場所にペタリと座った。

百合美は相変わらずテレビの歌番組に釘付《くぎづ》けで、父は、百合美と向かい合わせにコタツに入って、座椅子《ざいす》にもたれて新聞を広げている。母は台所で夕飯の仕度《したく》をしていた。

「運ぶの手伝ってんかあ」

母にそう声をかけられて、私は台所へ行った。

夕飯は、私の好物のハンバーグだった。付け合せも、私の好物のポテトサラダとキャベツの千切りだ。私は茶の間に四人分の料理を運んだ。

いつもだったら、一番大きいハンバーグを自分の所に置くのだが、なぜか、私は食欲がわかなかった。さっきの手紙の内容があまりにインパクトが強かったので、胸がいっぱいになってしまったのだ。

母が豆腐とわかめの味噌汁を各自の前に置くと、テレビを消した。

「あ、それ、見てんのにい！」

百合美が不満を訴えた。

「録画して後から見なさい」

そういうと、母はビデオテープを入れて録画ボタンをおした。我が家では、テレビを見ながら食事することはゆるされないのだ。

私はぼんやり、味噌汁の中の豆腐を箸《はし》でつまんで食べた。みんなが食べている間中、私がやっと食べ終えたのは、味噌汁の具だけだった。

「お姉ちゃん、どないしたん？　具合でも悪いの？」

百合美が珍しいものでも見るように私の顔を覗《のぞ》き込んだ。

「ハンバーグ、欲しい？」

「うん、欲しい！」

百合美が声を弾ませた。私が皿を差し出すと、箸でハンバーグをつまんで自分の皿に移した。

「思い出した！　さっき、お姉ちゃんと同じクラスの子が買ってたんなあ、『少年ジャンプ』やった」

竹宮昇が何を買おうと、そんなことはもう今の私には興味のないことだった。しかも、「少年ジャンプ」だなんて、あまりにもありふれているではないか。

その夜は、あの手紙の文面が何度も脳裏によみがえってきて、なかなか寝付けなかった。

翌朝、早速、夕子と孝子に電話して、三人で、夕子の家に集まることにした。

まず、二人に手紙の文面を読んでもらった。予想通り、二人ともはとが豆鉄砲を食らったような顔をした。こんな現実は、私たちのように外部の刺激を避けた世界にこもっている人間には過激すぎるのだ。

「これがほんまに教室に落ちてたん？」

孝子が聞いた。

「そういうことや。どんな犯罪犯した人やろう?」

夕子が聞く。

「手紙には、無実って書いてあるで」

「警察に逮捕された人間が無実なんてことあるの?」

私は訊ねた。

「それはないと思うえ。獄中にいる人間って、みんな口をそろえて、自分は無実やって言うらしいから」

孝子が言った。

そうだ。警察に逮捕されて起訴された人間が無実などということはありえない。

「これ、どうしよう?」

「これより一回り大きい封筒に、杉村って人の住所を書いて、中にこの手紙入れて送ったらええやん。そうしたら本人の所に着くから」

それは名案だ。孝子の案に、私は納得し、手紙を持ち主の住所に送ることにした。

私は帰宅してから、少し大きめの茶封筒を茶の間の箪笥《たんす》の引き出しから探し出して、自室にこもると、さっそく封筒に住所を書き始めた。

京都市右京区○○町、とそこまで書いてから、私は、この住所がここからそう遠くないことに、改めて気づいた。この手紙を手放すのがなんとなく惜しくなったので、とりあえず住所だけでも調べてみる気になった。

私は大阪拘置所を調べた時の地図を引き出しにしまったままにしていたので、それを引っ張り出してきて、右京区のこの町名と番地のあるページを広げた。我が家からわずか一キロ以内のところにこの手紙の持ち主の家があることが判明した。

私たちの高校からだと、ほんの三百メートルほどのところだ。

私は、お昼ご飯にキツネうどんを食べてから、この住所へ行ってみる決心をした。

どうしてそんな気持ちになったのか分からないが、やはりこの手紙の文面に私は惹《ひ》きつけられていたからだろう。私なんかが想像もできない大人の世界を垣間《かいま》見たことで好奇心が刺激されたのだ。

私は、自分の高校を通り過ぎてから、地図を広げて問題の住所付近まで行ってみた。ところが、2-2-201という番地だけでは、正確な場所が分からず、ぐるぐると同じ道を何度も回った。201というのだから、恐らく何かの建物の201号室なのだろうが、建物の名前が書いていないので、どうしても見つけ出せない。

私は来る途中で交番を通り越したのを思い出し、そこまで戻って、警察の人に、正確な場所を聞いた。

　制服の警察官は、壁に貼ってある付近一帯の分かりやすい地図を指差して説明してくれた。

「この住所は、ほら、ここ、ブルーハイツっていうアパート。そこの201号室だね。ここからだと、えーとね、そこの道をまっすぐ行って……」

　懇切丁寧に道順を教えてもらい、私は、再び住所の付近まで行き、ブルーハイツという建物をやっと見つけた。二階建ての木造建築だった。

　私は鉄製の階段を上がって行った。201号室は向かって一番左側の部屋だった。前まで行ってみると表札がない。本当にここは杉村雄一の部屋なのだろうか。

　しばらく部屋の前に突っ立って思案していたが、カバンから手紙を出して郵便受けに入れようとしたところで、誰かが階段を上ってくる足音が聞こえてきた。咄嗟《とっさ》に逃げようかと思ったが、逃げるにも階段を下りないといけない。

　私は201号室の前で、全身を硬直させたまま立ち尽くしていた。

　階段を上ってきたのは、なんと、真田清だった。

「ま、ま、真田君……」

　私は、どもりながら彼の名を言った。彼の方でも、私の姿を見つけて驚いた顔をした。

だが、私の手元を見て「あっ、その手紙……」と小さな声で言った。

では、やはり、これは真田清に宛てた手紙だったのか？　少なくとも教室にこの手紙を落としたのは、彼ということになる。

私は、彼に手紙を渡すと、逃げるように階段を駆け下りた。後ろで彼が何か言っているような気がしたが、頭が真っ白になり、立ち止まる勇気も湧《わ》かず、必死で家まで走って帰ったのだった。

＊

それからというもの、教室で真田を見つけるとついつい彼の方を見てしまうのだ。私の頭の中は疑問符で一杯なのだが、まさか、内容を読んだとは言えないので、あの手紙のことを聞く勇気はなかった。真田も私の視線を気にして、時々ちらちらとこちらを見るから、私が手紙を読んだと疑っているのだろう。

真田清イコール杉村雄一とは、私も考えていない。高校生の彼に、あんな大人の女性の恋人がいるなどということは、ありえない。名前だって違う。この高校に在籍している彼が、真田清であることは間違いないのだ。

問題は彼と杉村雄一との関係だった。あれこれ考えているうちに出した私の結論はこうだった。真田は杉村雄一の友達もしくは親戚で、あの時、杉村の家に遊びに行った。そこに私は出くわしたのだ。

転校してきた時、彼は、両親の仕事の都合で京都に引っ越してきた、と言っていたではないか。あのブルーハイツという建物はどう見ても、独り者が住むアパートだ。あそこに真田が一人で住んでいるなどということは考えられない。

私は、頭の中で、こんなふうになんとか辻褄《つじつま》を合わせたのだが、もう一つ矛盾が残っていた。杉村の手紙をどうして真田が持っていたのか、ということだ。

だが、それも友人や親戚だったら、持ち出せないこともない。真田は、高校生だが、杉村雄一の相談相手になっていたのかもしれない。

数日間かけて、やっと私がひねり出した答えはこれだけだった。

もう、これ以上そのことは考えまいと決めた、ある日の学校の帰り道でのことだった。

真田に背後から声をかけられた。いつもは夕子と孝子と三人で帰る私は、その日は、学校の当番があったので一人だった。

背後から名を呼ばれた時、なぜか私はそれが真田だとすぐに分かった。なんとなく覚悟していたことだった。もしかしたら、彼の方から私に話しかけてくるのではないか、と。

私は振り返って彼の方を見た。

「ちょっと話したいことがあるんだけど、付き合ってくれる？」

私は黙ってうなずき、先を歩いていく彼の後に続いた。

私たちは近くの喫茶店に入った。学生服で男子と二人きりでこんなところに入るのは初めての経験だった。私はすっかりかたまっていたが、真田の方は慣れた感じで、中に入ると、一番奥のテーブルに私を促《うなが》し、向かい合って二人は座った。彼がコーヒーを注文したので、私も同じものを頼んだ。

彼は早速切り出した。

「あの手紙、届けてくれてありがとう」

「あ、うん」

それだけ答えるのがやっとだった。

「読んだんだよね、あれ」

私はぎくりとした。

「いいんだ。気にしなくても。別に読んでくれてもかまわないんだ。ただ、君が不審そうな目で僕のことを見るからきっと読んだんだろうな、と思って。正直に言ってくれる？

読んだんだよね？」

「うん、読んだ」

「びっくりした？」

私は黙ってうなずいた。

「君の感想が聞きたい」

私はしばらく言葉がのど元でつかえて返事できなかったが、たどたどしく、自分が今まで推理したことを話した。

「なるほど、僕が杉村雄一の友達、もしくは親戚かあ。なかなかいい推理力してるな」

「違うの？」

「違うよ」

「ほんなら、真田君と杉村君は同一人物なん？　まさか、そんなことできるわけないやんね」

「できなくもないよ。たとえば親戚に登校拒否の真田清というやつがいて、もうどうしても学校へ行けないから、そいつの代わりに僕がどこかの高校へ編入して卒業するように大金をつまれて親に頼まれた、とか」

「えっ、そうなん？　ほんなら、あなたは杉村雄一なの？」

私が真顔でそう言うと、真田は大声で笑いだした。

「信じた？　まいったな、嘘だよ。僕は、杉村雄一じゃないよ。実は彼を探しているんだ」

「えっ？　それ、どういうこと？」

ますます私はわからなくなった。

「あそこの前の住人なんだ、杉村雄一は」

意外な真相だった。

「じゃあ、あの手紙は、もしかして前の住人である杉村雄一さんに送られてきたってこと？」

「そう、大家さんに聞いたけど、引越し先は分からないって言われた。それで、僕はついに手紙の封を開けて文面を読んでしまったんだ」

そうしたら安伊聖子が、杉村雄一から手紙が来ないことを苦にして、死にたいと書いてあったのだという。真田清は、杉村雄一の居所を必死で探した。結局見つけられなかったから、一人の女性の命を救おうと、安伊聖子への返事を杉村の代わりに書いたのだという。

「そうなんや。そやから、ワープロなんや」

「うん、筆跡でばれてしまうから」

「真田君って優しいんやね」

「手紙に『死にたい』って書いてあったんだ。そんな手紙を読んでしまったら、誰だって放っておけないよ」

「これからもずっとあの人と手紙のやりとりをするの？」

「ああ、杉村雄一が見つかるまで」

「でも、きっと、その人、もう手紙のやりとりを彼女とする気、ないのとちがう？」

「多分ね。郵便局に住所変更届けもしてないからな」

「だったら、見つかってももうあかんのと違う」

安伊聖子は見捨てられたのだ。杉村雄一に。私は、あの熱烈な手紙の内容を思い出し、悲しくなった。今でも、本当の愛を信じている安伊聖子が不憫《ふびん》でならなかった。真田はそれには答えなかった。

「この人、いったいどんな罪を犯したん？」

「文面からすると、殺人みたい」

内容に反して、真田の口調はあまりにもさらりとしていたが、殺人と聞いて、私は完全に度肝《どぎも》を抜かれていた。この手紙の主は殺人犯なのだ。

「もしかして、あの女の人、犯罪者やから、そやから、愛想つかされたんやろうか」

私はおそるおそる聞いてみた。

「でも、無実だって書いてあるよ」

「そやけど、真相はわからへんし……そやから嫌気がさして……」

「そんなのは本当の愛じゃないよ」

真田はきっぱりとそう言った。彼がものすごく大人の男に見えた。彼は信じているのだろうか、この女性の無実を。それにしても、こんな情熱的な女性に彼はいったいどんな返事を書いているのだろう。私だったら、到底、文章力がついていかない。

私は尊敬のまなざしで真田を見た。

彼が一人で住んでいる理由も教えてくれた。真田のいた前の中学校にたちの悪いグループがいて、目をつけられ、いじめにあい、登校拒否になったのだという。なんとか中学は卒業し、高校に入ってみると、運悪くそのグループが同じ高校に入っていた。それで、高校へもいけなくなった。結局、私たちの高校へ編入試験を受けて、みごと合格したので、転校してきたのだという。

いじめの事実は、隠しておきたかったので、先生に頼んで、親の都合で転校してきたことにしてもらったのだという。

「あの手紙のこと誰かに話した？」

「う、うん」

夕子と孝子に話したことを私は正直に言った。だが、ブルーハイツまで行って、真田と遭遇したことは話していなかったので、そのことも打ち明けた。あの二人は、私が手紙を持ち主に送ったと思っているのだ。

「だったら、このことは、僕と荻田君、二人だけの秘密にしておいてくれない？　君が案外やんちゃな女の子だってことも秘密にしとくから」

私は一瞬、なんのことを言われているのかわからなかったが、教室の扉を乱暴に蹴飛ばしたことを言われているのだと気づいて赤面した。

「勘違いしないで。ただの大人しい子かと思ったら、意外な一面があるんだなって思った。刺激的だったよ、この間の君」

「私のことからかってる？」

「全然違う一面を見てうれしくなった。君に親しみを感じるようになった」

親しみ。そんなことを男子生徒に言われたのは初めてだった。私はまじまじと真田の顔を見つめた。

「だから、二人だけの秘密にしてね」

真田は秘密という言葉を強調した。私が夕子と孝子に秘密を持つことなど生まれて初めての経験だった。

翌日、学校へ行ってみると、真田清はいつものように、中原瞬や竹宮昇と楽しそうに話していた。だが、私は知っている。真田は、あんなふうに普通にはしゃいでいるが、恋人に見放されて、拘置所で寂しい思いをしている一人の女性の命を救った大胆な男だということを。

彼は、私の顔を見ると、誰もみていないところで、こっそりウインクした。その度に私も夕子や孝子に見つからないように、こっそり彼にピースサインを送った。

私は先日までの私ではない。夕子や孝子の知っているいつもの私ではなくなったのだ。なんといっても、真田清みたいな転校生と一人の悲しい女性の秘密を共有しているのだから。

その日以降、真田が学校で私に話しかけてくることが時々あった。これには夕子も孝子も驚いているようだった。二人を出し抜いているという罪悪感もあるにはあったが、どこかで自分はこの二人とは違うんだという優越感に浸るようになった。

二月に入って、私は、生まれて初めて、バレンタインデーを意識した。中原瞬に渡す勇気など到底なかった私は、いままでは自分とは縁もゆかりもない行事と思っていたのだが、真田にだったら渡せそうな気がした。チョコレートを作って、真田にプレゼントするという行為そのものが私を夢見心地にした。

しかし、そんな浮いた気持ちもほんの数日のことだった。バレンタインデーの前日、真田はめずらしく学校を休んだ。

いや、休んだというのは勘違いで、先生から、彼はまた転校したのだ、と説明があった。

そんなバカな。私はなんだか、彼に思い切り裏切られたような心境になった。だが、彼と親しく話していた時のことが忘れられず、その日、学校が終わってから真田の住んでいたアパートに行ってみた。２０１号室をいくらノックしても誰も出なかった。

私は真田の引っ越し先がどうしても知りたくて、ほかの部屋の住人を訪ねて、ブルーハイツの大家さんの家を探し当てた。

「真田清さん？　そんな人はあのアパートには住んでいませんでしたよ」

初老の男が私のことを奇異な目で見ながらも、温和な口調で答えた。

「じゃあ、最近引っ越したのは？　あの２０１号室の住人はいったい……」

「ああ、２０１号室の人。その人は杉村雄一という人です。高校生ではなく、もう社会人と聞いていますが。ちゃんと免許証も持っていましたしね」

私は胸に軽い衝撃を受けた。では、真田は杉村雄一であり、あの拘置所からの手紙は、本当に彼にあてられたラブレターだったというのか。

「そんなのは本当の愛じゃないよ」と彼が力強く言ったのは、あれは本心から出た言葉だったのだ。安伊聖子に対する本当の彼の気持ちを正直に表現したのだ。

登校拒否になった真田清という高校生の代わりに、杉村雄一は私たちのクラスに来ていたのだ。

真田の嘘つき！　心の中でそう叫び、私は半泣きになりながら家に帰った。妹の部屋をのぞくと紙袋が机の上においてあった。中を調べて見て唖然《あぜん》とした。なんとバレンタインデーのチョコレートが入っているではないか。小学三年生のぶんざいでもう誰かにこんな大きなチョコレートをあげるなんて、なんて生意気なやつなのだ。私は高校二年になってやっと誰かにあげようと思ったら、こんなひどい仕打ちを受けたというのに。

私は自分の部屋に行くと、真田清のために作ったバレンタインデーのチョコレートをゴミ箱に捨てて、ベッドに顔をうずめて思い切り泣いた。

嘘と罪

目の前の男が繰り返し繰り返し話す虚構の方が真実なのかもしれない、そう思えてくるから不思議だ。真実など本当に存在するのだろうか。仮に存在したとしても、それが明らかになることなどこの世界では殆《ほとん》どないのだ。私は、もう一度自分に起こったことを、順を追って回想してみた。

まず、私の平凡な日常を大きく変えた、杉村雄一《すぎむらゆういち》、平中《ひらなか》ゆみ江《え》と親密になった日のことが鮮やかな記憶として私の脳裏によみがえってきた。あの日、私は愚にもつかないクレーマー対策に追われていた。応対相手は、私の会社が販売している健康食品を飲んですぐに激しい腹痛に襲われ救急車で運ばれた、と訴えていた。

「申し訳ございません。医師にご相談されましたか？　因果関係などもお伺《うかが》いさせていただきたく……」

「因果関係？　なんやのん、その生意気な言い草！」

「お体に合わない場合は返品してくださって結構……」

「返品、そんなん当たり前やんか！　あんたんとこの製品のせいで私、三日も寝込んだんよ。まず、飛んで謝りに来るのが筋やろう！」

「申し訳ございません。では、社のものをお詫《わ》びにうかがわせて……」

「菓子折りもってごめんなさいって、そんなんあかんで！　三日間を無駄にした私の手当ても払ってもらわな！　医師に相談して因果関係証明してもらうしな。とにかく、全部返品します！　飲んだ分のお金も返してや！」

私はさっさと返品の手続きを取って「まことに申し訳ありません。担当のものにお詫びにうかがわせますから」とあくまでも穏やかに言った。

「ガチャン」と電話が切れる音を聞いてから、私は受話器をフックに思い切りたたきつけた。

「クソババア！　プロポリス飲んだくらいで救急車で病院運ばれるか、アホ！　憂《う》さ晴らしに健康食品買って、クレームつけてくんな！　ああ、むかつく！」

私は毒づいた。

「お疲れさま。電話壊さんといてね。あんた、まだまだ青いね」

私より十年ベテランの女子がお茶を飲みながらくすりと笑った。

入社して六年、数限りなく私はこういう電話の応対をこなしてきた。もちろん受話器を置いてから、こんなふうに相手を罵倒《ばとう》するのも日常だ。一度電話機を壊してしまい弁償したこともある。私はコーヒーをひと口飲み、深呼吸してから、また次の電話に出た。その日は、それ以外の電話ではトラブルもなく、六時には最後の電話を終えた。仕事場を出ると雪がちらちらと降ってきた。私は、コートの襟《えり》を立ててマフラーを頭にかぶって駆け足でバス停まで行った。そこで後ろから声をかけられた。

「寒いですね、安伊《やすい》さん」

振り返ってみると、エルアートの杉村雄一だった。最近、会社の製品パッケージのデザインを彼の会社に依頼するようになったのだ。彼は自分の持っている傘《かさ》をそっと私にさしかけてくれた。

「あ、すみません。まさか雪になるとは……」

こんなふうに男の人と相合《あいあい》傘になるのは気恥ずかしかったが、断るのも失礼だ。彼の行為を素直に受け入れた。

「お仕事ですか？」

「ええ、近くにもう一軒得意先があるので、そこへ寄ってきたんです」

今まで、私は彼と直接話したことはないが、ちょくちょく会社へ来るので、エレベーターなどでばったり会った時、簡単に挨拶《あいさつ》する程度の顔見知りになっていた。向こうからバスが来たが、それは私を家の方向へ運んでくれるバスではなかった。

「僕、これに乗りますので、どうぞ」

杉村はそういうと私に傘を差し出してくれた。

「そんな、いいですよ、たいした雪じゃないし、ほら、マフラー持ってますから」

「会社は、バス停からすぐ近くなんです。ですから、遠慮せずにどうぞ」

そう言うと杉村は私の手に傘を握らせてから、バスに乗った。私は思わず傘を彼に返そうとしたが、彼の後から数人の客が乗り、バスの扉が目の前でしまった。バスの中から彼が軽く手を上げたので、私はそっと手を振って見送った。

しばらくするといつも乗るバスが来たので、私は傘をたたんだ。この時間はいつも混《こ》んでいるから、後ろのほうに立ち、つり革をしっかりと持った。私のアパートは約三十分ほどバスで揺られたところにある。

バスを降りると、路面にうっすらと雪が積もっていた。私は杉村から借りた傘を再びさすと、滑らないように足先に力を入れながらゆっくりと歩いた。

商店街に入ったところで無性にコロッケが食べたくなり、真ん中あたりにあるいつも行く肉屋へ寄った。

「コロッケ三つください」

肉屋の主人が目の前でコロッケをあげてくれる。たっぷりの油の中にコロッケが入るとジュワーとこまかい泡粒が上ってきて、香ばしい匂いが漂ってくる。私のおなかがぐうっと音を立てた。財布を開けてみると、小銭は十円玉三つと金ぴかの五百円玉しかなかった。去年から新硬貨として作られ始めたばかりのものだ。珍しいので手放したくないから、ずっと財布の中に入れてあった。

「牛こま、二百グラム買うし、ちょっとまけてくれへん?」

明日のおかずは肉じゃがにしよう。

「あかん、まけられへん。代わりにぎょうさんめにしといたるわ」

主人が紙袋に入れた揚げたてのコロッケを手渡してくれた。寒さで凍《こご》えた手が温まる。肉の細切れを二百のところ二十グラムほど多めに秤《はかり》に載せてくれた。それを受け取り千円を渡す。おつりは五百五十円だった。

肉屋を出ると再び傘をさしながら空を見上げてみる。私の顔めがけて先ほどより大きくなった雪の粒が降ってきた。ふと杉村雄一のことを思い出した。小柄で目のくりっとした童顔、最初見たときは学生アルバイトかと思ったが、社内の女子の噂《うわさ》によると、大学を出て二年、二十四歳だという。

——私と同い年、それに親切な人。

心の中でそうつぶやくと同時に足が軽やかになった。帰ったら、豆腐の味噌汁を作って、炊きたてごはんとコロッケを食べよう。

私の家はこの商店街を通り抜けて五分ほどのところにある木造アパートだった。途中で中学生の女子三人が向こうから歩いてきた。衣川《きぬがわ》中学校の制服を着ている。

「なにこの落書き。なあ、キエ」

左の女の子が教科書のようなものを広げて真ん中の大柄な女子に笑いながら言った。真ん中の子は中学生なのに、百七十センチくらいはあって、肩幅が広く、声が大きい。この子の容姿が目立つので、なんとなく私はこの中学生たちに見覚えがあった。

「明後日、天神《てんじん》さんへみんなでいかへん、なあ亜子《あこ》？　たこ焼きとりんご飴《あめ》食べたい」

「うち、今月のおこづかいあんまりないねん」

「ほんならN中学の男子ら知ってるし一緒にいかへん？」

真ん中のキエという子がさきほどの教科書を振り上げて言った。

「里香《りか》、誘ってみて。あんたが声かけたらことわらへんから」

里香と呼ばれる女の子は、キエとは対照的に小柄でやや肌の色が浅黒く、目がぱっちりしていてエキゾチックな容姿をしている。いかにも今風で男子にもてそうだ。

「あいつら、お金あるやろか？　N中なんて、野球だけがとりえの偏差値の低い学校やで」

亜子がそう言うと、

「あるって。なくてもなんとかしよるって！」とキエが自信満々で言った。

「誘ってや。幼馴染のよしみや」

キエに言われて里香が応える。

「ええで、誘っても。そのかわりにこっちも頼みあるし」

「それは分かってる。里香の邪魔者をこっちの子分につけたらええんやろう。そんなん楽勝や」

話の内容は全部理解できないものの、いやな雰囲気は充分伝わってきた。今時の中学生の女子は、男子にお金を払わせて遊ぶのか。しかも、かわいい子を利用して、なにやらわけの分からない取引までしている。

ここらへんは高級住宅街が多いので、衣川中学校は比較的校区がいいとされているが、もちろん素行の芳《かんば》しくない子もいる。

天神さんとは毎月二十五日に北野天満宮《きたのてんまんぐう》の境内で屋台などが出店されるお祭りのことを

言う。その日になると、神社は大勢の人でにぎわうのだ。近所なので行ってみようという気に私もなった。

やっとのことでアパートの階段にたどり着いた。早くコロッケが食べたい一心で、私は急いで階段を駆け上った。あがりきったところで一瞬立ち止まる。一人の少女が立っていた。

彼女は、二部屋向こうに住む平中さんのところの娘さんだった。さきほどの中学生と同じ制服を着ている。ほっそりしていて色白、大きな瞳、際立って美しい少女だ。だが、どこか儚《はかな》い空気を漂わせていた。制服のミニスカートから出た素足が寒そうだ。こんな雪の降る夜にどうしてそんなところに立っているのか皆目分からなかったが、それを訊《き》くほど少女と親しくないので、私は、傘をすぼめて脇にかかえるとカバンの中から鍵を出した。

「あの……」

少女の声がしたので、振り返った。少女はうつむいたままなにかもごもごつぶやいているが、よく聞き取れなかった。彼女は私に用事があるのだ。そのことをはっきりと悟ったので、私は訊《たず》ねた。

「どうしたんえ？　あんた、こんな寒いのに、その格好なに？　そんなところにいたら凍《こご》えてしまうえ」

「鍵、なくしてしもて、入れへんのです……」

蚊《か》の鳴くような声だった。

「お家《うち》の人は？」

「帰ってくるの遅いんです」

「なーんや、そんなことやったん。だったら、入って」

私は少女を家に招きいれた。彼女はちょっとためらってから中に入った。

「寒いねえ、今日は」

私は部屋へあがると石油ストーブの蓋《ふた》をあけて、マッチをすって芯《しん》に火をつけた。少女は上がりかまちに突っ立ったままじっとしている。

「さあ、こっちへ来て」

私はコタツの電気を入れてから、座布団を少女に勧めた。少女は靴を脱いで部屋に上がるとカバンを隣に置き、そっと座布団の上にひざまずいた。

「ああ、あったかい」

そう言うと、急に打ち解けた顔をした。

「遠慮しないで足を伸ばして。ちょっと待ってな、おなかすいてるやろう？」

私はストーブの上にやかんを載せてから、台所へ行き、お米を研《と》いだ。

ご飯が炊けるまでにまだ時間がかかる。三個あるコロッケの一個を半分に切って、一個半ずつお皿に載せてウスターソースと一緒にちゃぶ台に置いた。

「わあ、商店街のお肉屋さんのコロッケ！　うちの母も時々買うてきてくれます」

少女はうれしそうに、ウスターソースをコロッケにかけた。

「お母さんはお勤め？」

「はい、そうです。夜に勤めてるんです」

「お父さんは？」

あまり立ち入ったことはきかない方がいいかと思いながら、つい口にしていた。

「父は私が生まれてすぐになくなってしもたから、母と二人なんです」

父親の姿を見たことがないので、多分そうだと思った。母親の方は午後から濃い化粧をして出て行くのを何度か見かけたことがあるので、恐らく、水商売だろう。

「私も母と二人、母子家庭で育ったんえ。なんか似たような境遇やね」

すると少女は、親しみのある笑みを浮かべた。笑うと目じりが少し垂《た》れ下がって愛らしい顔になる。私たちは、仕事の話や学校の話など、お互いの事情を話した。少女は平中ゆみ江と名乗ったので、私も自分の名前を言った。

「安伊聖子《せいこ》さんですか。聖子ってええ名前ですね」

ご飯が炊けたので、味噌汁と一緒にちゃぶ台の上に並べた。この部屋で誰かと食事をするのはこれが初めてだ。

「おかずのコロッケ、食べてしもたから昨日の残りの筑前煮《ちくぜんに》と昆布《こんぶ》の佃煮《つくだに》と梅干でごはん食べよう」

「わあ、私、筑前煮も大好き」

ゆみ江はしばらく黙々と筑前煮とご飯を交互に食べていたが、おなかが少し落ち着いたのか、私の部屋を目でぐるりと一周した。

「安伊さんは、彼氏いてへんのですか？」

「いてへんよ」

「好きな人も？」

ふと、杉村雄一の顔が浮かび、返事に戸惑《とまど》った。

「いてはるんですね。好きな人」

「片思い。向こうはなんとも思てへんから」

「でも、なんか脈ありそうな表情してはる」

「そんなん、表情で分かるもん？」

「幸せそうですもん。きっと向こうも安伊さんのこと好きやと思う」

不思議なことを言う子だ。

「ゆみ江ちゃんは？　彼氏は？」

「好きな人いてます。でも片思い」そう言ってから、彼女は口元に笑みを浮かべた。

「あっ、きっと向こうもゆみ江ちゃんのこと好きや、表情で分かった」

すると彼女は顔を赤らめてうつむいた。私は平中ゆみ江のことが好きになりかけていた。こんな可愛い妹がいたらいいのになあと、柄にもないことを考えた。いつも電話を介して営業トークばかりしているせいだろうか。いままで、こんなに真正直に誰とも話したことがない。自分は寂しい人間だなと、ふと思った。

「向こうは私なんかよりずっと勉強ができて、スポーツ万能、学級委員長もやってて、そやから釣り合うてないんです」

「そんなことないやん。こんなべっぴんさんやのに」

それから私はふとひらめいたことを口に出してみた。

「彼となんかええことあったんや？　そんな気がする」

「ええ、分かります？　実はこの間、中原《なかはら》君に学校の帰りに声をかけられて、それで途中まで一緒に帰ってきたんです。びっくりでした」

なるほど、そのステキな彼は中原君というのか。

「やっぱり。お姉さんの勘かてすてたもんやないやろう?」

「お姉さん、すごい!」

ゆみ江がお姉さんといってくれたことがうれしくて、私は杉村雄一から傘を貸してもらったいきさつを少女に話した。

「それ、ほんまですか? 私らなんかシンクロしてません?」

似たような境遇に育ち、似たような出来事が起こった。ただそれだけだが、その日、たった一日で私たちはとても親密になった。それからゆみ江はちょくちょく私のところへ遊びに来るようになった。

ゆみ江との関係と並行して、杉村雄一との関係も深まっていった。傘を返してから、会社で彼に会うと声をかけられるようになった。そして、帰り道に彼とあった時、次回、一緒に食事をしようと誘われた。彼のほうでも私に気があるということが、その時、はっきりと分かった。

一緒にスパゲティを食べながら、私は訊いた。

「どうして私に声を?」

「この間、電話を切ってから、クソババアって叫んだのをきいたから」

「わーん、そんなんちっともええことないやん。嫌な女やと思わへんかったん?」

「いつも丁寧にお客さんと話しているだろう。ずっとそんな君しか知らなかったから近寄りがたい人だな、と思っていたんだ。ところが『クソババア』だもんな。不覚にも笑い転げてしまった」

「それ、めっちゃ恥ずかしい！」

「いや、生身の人間の声を聞けた気がする。君とだったら親密になれると思った。僕も得意先でボロクソに言われて我慢しながら応対して、後から、正面玄関のドアを思い切り蹴とばすことあるよ」

何度か一緒に食事をし、映画を見に行き、私たちは結婚を約束するようになった。

ゆみ江は相変わらず、私のアパートに遊びに来て、中原君と一緒に公園へ行ったり、学校外でデートをするようになったことを私に報告した。

「これ、どうしたんですか？」

ゆみ江は、本棚の上に飾ってある陶器の白いバレリーナの人形を手に取った。

「お誕生日にもらったん」

「彼に？」

私が黙ってうなずくと、ゆみ江はしばらく人形をいろいろな角度から眺めて「綺麗《きれい》」と何度も繰り返した。それはリヤドロというスペインの陶器で、前から私が憧れていたのを知っていた彼が誕生日に奮発《ふんぱつ》してくれたのだ。私の小さなアパートにはもったいないほど上品で美しい人形だった。一人でここへ帰ってきても、この人形が待っていると思うと、私の心は和《なご》んだ。

二人とも順調に恋をしていて、平穏で幸せな日々が続いた。このままそんな日がずっと続くと思っていた。私たちはシンクロしているのだとかたく信じていた。

ところが、ある日を境《さかい》にゆみ江の表情に陰《かげ》りが見えるようになった。私が杉村の話をすると、ふっと顔を窓の方に逸《そ》らして暗い顔で黙るのだ。気にはなったが、本人が何も説明したがらないので、あえて聞かなかった。恋の話をしなくなったのは、彼とうまくいっていないからだろう、くらいは察しがついた。私は杉村雄一とよい関係だったから彼女とはそういう話は避けるようになった。彼女はまだ若い。なんと言っても中学生なのだから、これからまだまだいろんな出会いが待ち受けているだろう。

私の方は本当に幸せだった。いろいろなことを話しているうちに、杉村がとても奥が深くて優しい人間だということが分かった。優しいと一言で言ってもいろいろな優しさがある。彼の優しさは、人を人として同じ目線で扱ってくれる優しさだった。当たり前のことだが、世の中にはそうでない人がたくさんいた。母子家庭に育った私は、そのことに早い段階で気づくようになった。優越感を持ちたい、という願望が人間なら誰にでも心の奥に潜《ひそ》んでいて、何気ない会話の中でそれがふっと露呈《ろてい》することがある。特に私の子ども時代は、母子家庭というのにはネガティブなイメージが付きまとい、なにかと差別の対象になった。

彼は、全くそういうところがなかった。私の話によく耳を傾けてくれたし、次に会うときには、必ず、前に私が話したことを覚えてくれていて、続きを聞きたがった。

仕事の帰りによく商店街へ寄って、コロッケを買うこと、筑前煮を作るのが好きなこと、時々、家に来る妹みたいな関係になった平中ゆみ江のこと。私の話はそれくらいだったが、そんな平凡な日常を彼は目を輝かせて聞いてくれるのだ。こんなに私の話に興味を示してくれる人間はこの世の中で彼くらいだろう。父親のいない私は、彼のあたたかい腕にしっかりと受け止められているのを感じた。

そんな普通に幸せな日々にちょっとした異変が起こった。

ゆみ江が例によって遊びに来て、その翌日、私の財布の中の五百円玉が消えていることに気づいた。ずっと財布の中に残しておいた新硬貨なので、なくなったのは勘違いではない。その時はゆみ江が来たことと結びつけて考えなかったが、それから彼女が来るたびに、財布の中から千円札が一枚なくなった。それでも、私は彼女を信じたい一心で、彼女が私の財布からお金を盗んだとは考えなかった。私たちはあんなに屈託《くったく》なく打ち解け、信頼しあっている仲なのだ。

だが、ゆみ江は最初の頃のように私に心を開くことはなく、なにか隠し事をしているような陰険な表情を見せるようになっていた。最近できた女友達とよく街に遊びに出かけることを快活に話すのだが、妙にテンションが高く真実味がなかった。私は彼女の目を覗《のぞ》き込んでみるが、そんな時、必ず視線を逸《そ》らした。

私はこの子に騙《だま》されている。そんなふうにはっきり気がついたのは、杉村雄一と一緒に喫茶店でお茶を飲んでいる時だった。

「ところで、君の妹は元気？」

彼がそう聞いた瞬間、私は何も答えられなかった。ここのところ、彼女とは全く心を通わせていないという事実が私の胸に突き刺さった。私は半泣きになりながら彼に事情を説明した。

「そのまま放っておかない方がいい。ちゃんと確認して、注意するべきことは注意しないと」

「でも、彼女とは限らへんし……」

「もしそうだったら？　そんなことを許していたんじゃ、その子の将来にとってよくないから」

彼にそう言われて私は決心した。次にゆみ江が来た時に、財布のお金がなくなっていることを話し、心当たりはないかと訊ねたのだ。返事はなかった。

「別にあなたを疑っているわけじゃ……」

そこまで言って、彼女が蒼白なのに気づいた。

「まさか……ほんなら、あなたが?」

部屋中の空気が張り詰めた。彼女は数歩後ずさりしてから、私の部屋から逃げ帰った。私はあまりのショックにへなへなと畳に座り込んだ。まだ彼女に話したいことがあった。このことは誰にも言うつもりはないが、今後二度とこんなことをしてはいけない、そう説得するつもりでいたのだ。

私は彼女の部屋の前へ行き、チャイムを何度も鳴らし、それからドンドンと部屋をたたいた。

「うるさいなあ!」

隣の部屋の住人が顔を出した。一人暮らしの中年男だった。私は謝って、その日は退散した。それからというもの、彼女は、アパートで私とすれ違っても、ぷいと顔を背《そむ》けるようになった。ある日、私は決心して、彼女が朝学校へ行く時間に合わせて、アパートを出た。階段を下りていく彼女に声をかけた。

「ちょっとだけ話を聞いて」

階段を下りて早足で歩いていく彼女を私は追いかけた。商店街の付近で、彼女に追いつくと、私は彼女の手首をつかんだ。

「なんで、あんなことしたん？」

私はきつい口調で言った。信頼していたのに、どうしてそれを壊すようなことをしたのだ。今までのつもり積もった怒りが一気にこみ上げてきた。

「知りません！　離してください」

「お金に困ってるの？」

「違います。離して！」

彼女は大声で叫んで、私の手を振りほどいた。角のパン屋の女主人が出てきて怪訝《けげん》な顔で私のことを見ている。

「助けて！」そう叫んで、ゆみ江は走って逃げていった。これでは、まるで私が中学生をいじめているみたいではないか。

この出来事は私をかなり精神的に滅入らせた。こんなことなら、電話を介して客に罵《のの》しられるほうがまだましだった。

翌日の土曜日、私は初めて杉村雄一の住む北区のアパートへ行った。スーパーへ寄って新鮮な魚を買い、それを網で焼いて、前日に作っておいた筑前煮と一緒に食べることにした。わかめの味噌汁とごはんを炊いて二人で食事した。

「美味《おい》しい！　一人暮らしだと、こんなご飯はめったに食べられない」

「私も一人やったら筑前煮と出来合いのコロッケくらいえ」

「炊きたてのご飯が食べられるだけでも僕にはありがたいよ。それにこの筑前煮のレンコン、鶏肉のダシがしみていてうまいな！」

その夜、私たちは初めて一夜をともにした。私も彼も初体験だったので、すべてがぎこちなかったが、それでも彼の体が私の中に入ってくるのをしっかりと受け止めることができた。私は彼の胸に顔をうずめて、何度もほお擦《ず》りをした。

「意外とあまえん坊なんだな、君は」

彼はくすぐったそうにそういい、私の頭を何度もさすってくれた。

私たちは今までよりもっと深い絆《きずな》で結ばれた。そのことに私は興奮した。彼の息遣いからも、今までとは違う高揚感が伝わってきた。

翌日は日曜日だったので、目が覚めてもしばらく二人で布団の中にいた。

朝、トーストとコーヒーを飲んで、私たちは彼の住むアパートから市内をずっと南の方向へ散歩した。鴨川《かもがわ》までたどり着くと川沿いを一緒に歩き、二人で並んで座って、川をじっと眺めた。何も話さなくても、二人でそうしているだけで、心の中に綺麗な空気ばかりが流れてきてすべてが浄化されるようだった。ゆみ江とのことも許せる気持ちになっていた。もう彼女とかかわるのはやめよう。妹みたいに親密になったと思っていたが、所詮、数ヶ月の付き合いだ。自分は彼女の何を知っていたのか、といえば、きっと何も知らなかったのだ。そんなふうに自分に言い聞かせながら、私は帰宅した。二つ向こうの平中家の電気は消えている。こんな時間なのに留守なのか。母娘でどこかへ出かけているのかもしれない。鍵を開け、中に入る。そして、私は軽い悲鳴をあげた。彼に買ってもらったリヤドロのバレリーナが粉々になって床に散らばっているのだ。しかも一枚の紙がその上においてあった。

「破局！　破局！　おまえらの行く末だ」と太い字で書かれていた。

私はその光景が信じられなくて、しばらく小さくなった白い破片を眺めていた。

あらん限りの力で憎しみをぶつけてこられたような心境だった。ショックとかそんな生《なま》易《やさ》しい言葉では表現できない怒りに私は支配された。

――お前たちの関係など、こんなふうに粉々に砕けてしまえばいいのだ！

耳のすぐ後ろからこんな声が聞こえてきたような気がした。誰かが侵入した形跡をさがしたが見つからなかった。引き出しを開けてみると、スペアのキーがなくなっていた。ここからスペアキーを盗み出せるのは一人だけだ。私の家に何度も遊びに来たあの子にしかできない。このバレリーナを私が恋人から貰ったことを知っているのもあの子だけだ。

一一〇番通報しようとしたが、すんでのところで思いとどまった。私は、その紙をびりびりに破ってゴミ箱に捨てると、泣きながら破片を一つ一つ拾い集めた。

私は翌日、会社を早退した。そして、衣川中学校へ行った。しばらく校庭に立ってゆみ江を待ち伏せした。校舎から平中ゆみ江が出てくるのを発見すると、私は彼女の方へ向かって歩いていった。彼女は、キエと呼ばれる大柄な子と、あと二人、亜子と里香と一緒にあるいていた。キエが彼女と肩を組んで耳元でささやくと、彼女は楽しそうに笑った。私は四人の前に立ちはだかった。

「ゆみ江さん、ちょっと話したいことがあるの」

「誰、この人?」キエが聞く。

「しらん!」

「しらばっくれんといて!」私はゆみ江の腕を捕まえた。

「私に付きまとわんといて!」

「私の家のバレリーナを壊したんあなたやろう? いったい私が何をしたっていうの! 何か恨まれるようなこと私、あなたにした?」

私がそう言うと、ゆみ江はへらへらと笑いだした。その笑顔は私の知っているあの愛らしくて素直な笑顔ではなかった。明らかにこちらを嘲笑《ちょうしょう》しているのが分かった。私は怒りに任せて思い切り彼女の頬《ほお》を手のひらで打った。

「ひゃあ」

そう叫ぶなり、ゆみ江はしりもちをついた。

「うわ、なにしよるん。このおばさん、怖い！」

キエが叫んだ。

「先生呼んでくる！」

里香が言った。

「先生呼ぶって、こっちが警察に通報するえ、あんたのこと！　不法侵入と器物破損の罪で」

私はゆみ江に怒気を含んだ声で言った。ゆみ江はひいひいと泣き出した。

嘘泣きだ。あんなひどいことをする女の子がこんなことくらいで泣くはずがない。私はしゃがんでゆみ江の顔を覗き込んだ。

「なあ、私の部屋の鍵、返して！」

「どうしたの？」

そこへ男子三人が通りかかり、そのうちの一人が話しかけてきた。

「中原君、この人がいきなり平中さんのこと殴ってきたん」

そう言うと里香が彼の肩の後ろに隠れた。中原という男子は私の顔を見た。

「竹宮君、この人、怖いんえ」

亜子が竹宮に訴えるような目で言った。

「この子が悪いんよ！　私の家にかってに入ってきて、大切な置物を壊したの」

「私そんなことしてへんもん！　私、そんなことするわけないもん」

「どこに、彼女がやったって証拠があるんですか？」

中原が言った。

「証拠、証拠ってそれはつまり……。だって、この子、私の部屋のスペアキー持ってるんよ」

「持ってるんか？」

中原がゆみ江に聞いた。

「そんなん持ってません。持ってへんもん！　身体検査でもなんでもして！　この人、頭がおかしいんです！」

ゆみ江が金切り声をあげた。しらばっくれているのだろうが、それにしても迫真の演技だ。

「今度やったら、ゆるさへんからね。分かった?」

「何もやってへんって言うてるのに……」

里香があきれた声で言った。気がつくと、私は八人くらいの生徒に囲まれていた。全員、私の方がおかしいと思っている目だ。

なんとなくこちらの分が悪くなってしまった。私は、中学生相手にムキになりすぎたことを後悔した。なんといってもただの中学生ではないのだ。あんなことをするのは一筋縄ではいかない屈折した性格の持ち主だ。こんなふうにストレートに責めて「すみませんでした」と素直に謝るわけがないではないか。考えが甘かった。

こんなことをしても、割れたバレリーナは戻ってこない。

私は、急にその場から立ち去りたくなった。くるりときびすを返すと門のほうへ歩いていった。中学生たちが私の背中に悪口を言っているような気がして、私は歩調を速めた。

帰宅すると鍵屋を呼んで、鍵を交換した。

私は、引き出しにしまった壊れたバレリーナの入ったビニール袋を取り出した。

私たちの関係はこんなふうには壊れたりしないんだから、絶対に。私はバレリーナをビニールの上からしっかりと胸に抱きしめた。

私は雄一に泣きながら事情を説明した。

「気にすることないよ。バレリーナだったらまた新しいのを買ってあげるから。それより、君がそんなアパートに住んでいることの方が心配だ。早く二人の新居を探そう！」

その一言で、奈落の底だった私の気持ちは一気に高揚した。

翌週の土曜日、六月二十五日、私は雄一と二人で北野天満宮へ行った。陶器市をやっているので二人で見てまわった。

「これに君の作った筑前煮を入れたら美味しそうだね」

「こんな上品なんに入れるのもったいないわ」

「いや、これで食べたら美味しさが増すよ」

「そういえば急須もあらへんかったね」

二人で煮物を入れる器と急須を買った。

境内を二人で歩いていると、この間の衣川中学校の女の子たちがたこ焼きを買っているのを見かけた。こちらに気がついていないようすなので、私は引き返そうかと思った。よく見ると、ゆみ江がたこ焼き屋でお金を払っていた。

「ちょっと待って」

私は雄一をその場に残して、ゆみ江の方へ近づいていった。

「ごちそうさま！　ヒラッチ！」

そう言うと、キエが彼女の肩に手をかけた。ゆみ江は顔をこわばらせている。

「なんやあんた、笑顔が足りひんで」

「そうやそうや、なに陰気な顔してんの」

亜子が彼女のことをひじでつついた。するとゆみ江はへらへらと笑い出した。私は不自然に笑っている彼女の顔を凝視した。むこうでも私に気づいて「あっ」という声を出した。

「うわ、この間の怖いおばさんや！」

キエがそう言うと、ゆみ江の腕を捕まえて、四人は早足で神社の方へ歩いていった。

私は、今の光景からゆみ江の先ごろからの異変に、何か辻褄《つじつま》の合う答えが見出《みいだ》せそうな気がした。雄一の所へ私は戻った。

「喫茶店に入ってコーヒーでも飲もうか」

私たちは、近くの喫茶店へ入ってコーヒーを注文し、雄一に先ほどのことを説明した。

「つまり、あの子、他の三人にたかられていたってこと」

「そうやと思う」

あの三人は、他の中学の男子にも奢《おご》らせるようなことを言っていたのを思い出した。それが今はゆみ江になっているのだ。

「どうしてあんな子らといるんやろう」

「いじめ、じゃないかな」

「えっ、いじめ？」

「金銭をたかるというのはよくあるいじめのパターンだ」

そういえば、彼女はテンション高く女友達の話をしていた。一緒にいろいろなところへ行けてすごく楽しい、と言っていたが、もしかしたらあれは全部彼女のおごりだったのか。だとしたら、相当お金に困っただろう。

「私の財布からお金がなくなってたんは、そういうことやったのか」

「僕も君の話を聞いていて、なんだか変な感じがした。最初は、君、すごくよろこんでたじゃないか。ゆみ江ちゃんが遊びに来るの。それがそんなに急に変わってしまうなんて、どうもへんだなって」

「確かにそうだけど……」

私は最初に会った頃のゆみ江を思い出していた。今の彼女にはあの頃の面影が一つも見当たらない。

「同じ子とは思えへんの。あんなに笑顔のかわいい子やったのに」

「よほど追い詰められるようなことがあったんじゃないかな」

「でも、バレリーナの陶器まで、割られてしもたんよ。あの子に」

「あの子がやったとは限らない。いじめっ子に指図されてやったことかもしれないよ」

私ははっとした。そんなことは考えもしないことだった。私はあのキエという女の子のことを思い浮かべた。見るからに横暴で、まるで女ジャイアンだ。

「でも、どうして私にまで被害が及ぶの」

「君の財布からお金を盗んだことがバレてしまったと、ゆみ江ちゃんがいじめっ子に話したのかもしれない」

「それで私まで目の敵《かたき》にされてるということ?」

だとしたら、なんと巧妙なのだろう。私の怒りはゆみ江一人に向いていたが、もう一人黒幕がいたのだ。

「でも、なんであんなかわいい子がいじめられるんやろう?」

「かわいい子だから、いじめられる、とも考えられるよ」

なるほどそういうことか。それから私はふと彼女がいじめにあう原因に思い至った。中原瞬だ。彼女が彼と付き合うようになって、それで、あの三人に目の敵にされるようになったのではないだろうか。学級委員でクラスの憧れの的。特にあの里香という女の子は、明らかに中原瞬を意識していた。もしかしたら黒幕はキエではなく、里香なのか。そういえば里香がキエと取引していたのを思い出した。

──里香の邪魔者をこっちの子分につけたらええんやろう。

その邪魔者とはゆみ江のことだったのだ。すべての謎は解けた。

「私はいったいどうしたらええんかしら」

「いじめは部外者が中途半端にかかわってもうまく解決しない場合が多いって聞くしね」

「あの感じやと、先生かて何もしてくれへん」

ゆみ江は笑うことまで強要されているから、誰も彼女がいじめられてるなどとは思わないのだ。どこから見ても、友達と楽しそうにしているように見える。

「なんとかしてあげたいけど……」

「へたにかかわっていじめが悪化したらまずい」

「そうやね。自分の力でなんとかするしかないものね」

私はもう何も口を挟《はさ》まないでおこう。彼女がうまく切り抜けてくれることを祈るしかないと思った。

平中ゆみ江の死体がアパートの裏で発見されたのはそれから一週間後のことだった。彼女の死体を発見したのはこの私だった。

その日、友人と長電話をしていた私は突然雨が降ってきたのに気づき、あわてて洗濯物を取り込もうとベランダに出た。何気なく下を見たら、彼女が倒れているのが見えたのだ。

その時、二人の衣川中学校の制服を着た女子が走っていくのが見えた。

私は土砂降りの中部屋を飛び出し、一階へ駆け下りると、倒れているゆみ江を抱き起こして彼女の名前を呼びながら体をゆすった。だが、そうしているうちに彼女が息をしていないことに気づいた。

後ろから声がして、私は振り返った。彼女の母親だった。

「お母さん、あの……」

彼女は私を押しのけてゆみ江を抱き上げた。私はゆみ江から離れて立ち上がった。

「亡くなってはるんです」

母親はなにか叫んでから泣きわめいた。私はその時、彼女は自殺したのだと思った。きっと二階の自分の部屋から飛び降りたのだと。位置的にも彼女の家のベランダの真下に倒れていたからだ。だから、すぐに警察を呼ぶという考えが頭に浮かばなかった。すでに死んでいるので、救急車を呼ぶということも思いつかず、ただ、呆然《ぼうぜん》とそこに立っていた。

そのことが、私にとって悪い状況となった。

それから後のことは、何が起こったのかよく分からないが、母親が警察に通報した。

私は目撃者として警察から事情聴取を受けた。

ゆみ江の死因は、後頭部の打撲《だぼく》によるショック死だった。誰かに突き飛ばされて頭を打ち、そのショックで心臓が停止してしまったと最初は判断された。ところが、後頭部を何度もぶつけた痕跡があり、過失致死ではなく、犯人にははっきりとした殺意があったということが立証された。

私は衣川中学校の制服を着た女子二人がその場から立ち去ったことを証言した。私が目撃したのは、恐らくキエと里香だ。ところが、ゆみ江が死んだ日、二人は南亜子《みなみ》の家で宿題をしていたというアリバイがあった。二人は、南亜子を利用して、アリバイ工作をしたのだ。しかも、雨のせいで二人の足跡が見つからなかったので、警察では私の証言に半信半疑だった。それよりも、私がゆみ江を追いかけて腕をつかんで怒鳴ったこと、学校まで行って、他の生徒の前で頬を打ったことを問題にした。いくら私が主張しても、彼女がいじめに遭《あ》っていたという事実は一切浮かび上がってこなかった。

学校の先生の話や他の保護者の話をまとめてみると、キエと呼ばれていた田中希恵子《たなかきえこ》は、バスケ部の副部長であり、まじめにスポーツに取り組む生徒だし、南亜子は、同じバスケ部でやはり部活を欠席したことのない真面目な生徒だった。二人とも正義感が強くて、いじめなど断じてするような子たちではない、と先生はみな口をそろえていった。

葉神里香は部活ではそれほど目立っていないが、学業成績の良い優等生で、学級委員をやっていた。里香と学級委員を一緒にやっている中原瞬が、彼女がいかに真面目で責任感のある生徒かを力説した。

私が学校でゆみ江を殴った理由を警察では、殺人の重要な動機とみなしていた。

「ええ、学校で彼女をたたいたのは事実です。私のバレリーナを彼女が壊したから、それで腹を立てたのです。でも、それはきっと彼女がしたことではなく……」

「どうして警察に届けなかったのですか？　そんな大切なものを壊されたのに」

「警察沙汰にしたら、彼女が気の毒だと思ったのです。話し合って済ませたかったのです」

「話し合って済ませる、にしてはやることが穏やかではありませんね。学校まで押しかけていっていきなり殴るなんて」

いきなりではない。心の中でそう否定しながら、私は弁解の言葉が見つからなかった。

「恋人からもらった大切な人形を壊されたんだから、そりゃあ憎かったでしょう、被害者のことが。あなたは腹が立つと感情のコントロールができなくなるそうですね。会社の同僚の方からあなたの性格について聞きました。腹を立てて会社の電話機を叩き壊したこともあるそうじゃないですか」

その部分だけを切り取れば嘘ではなかった。警察は、こんなふうにディテールを集めて犯罪者にふさわしい人格像を作り上げていくのか。

「人形のことで口論になり、逆上して彼女を殺してしまった。そうでしょう?」

私はいじめの事実をなんとか立証しようとしたが、それは絶対に無理なことだと分かった。実際にあったとしても、その事実を認める人は誰もいないのだ。学校側にしてもいじめがあったなどとは絶対に認めないだろう。ゆみ江の母親ですら何も知らないのだ。

同じアパートの住人は、私がゆみ江ともめていたのを何度も目撃していると証言した。ゆみ江の母親にいたっては、私が彼女の頭を庭の石に何度もぶつけているのを目撃したと言い出した。私は彼女を抱き起こして揺すっただけだと何度言っても信じてもらえなかった。私は改めて自分が今の状況から逃れられないことに気づき絶望した。

ふいにゆみ江が初めて私に見せた笑顔が蘇《よみがえ》ってきた。目じりの垂れ下がったあの愛らしい顔が再び私の心の中に迫ってきたのだ。あんなに純粋無垢《むく》なものがゆがめられ、この世から抹殺されてしまった。その事実が改めて私を打ちのめした。

犯人がたとえ私でなくても、それがいったいどうだというのだ。私は彼女のことが救えなかったのだ。そして、彼女は、自分の置かれた理不尽な状況から自力で這い出せなかった。今の私が這い出せないのと同じように。

——私らなんかシンクロしてません？

ゆみ江の言葉が私の心に重くのしかかった。

警察は状況証拠から、私が犯人だと決め付け、早く自白させようと私を精神的に追い詰めた。ありそうな虚構がありそうにない真実を葬り去ろうとしている。だが、ゆみ江の報われない死が、私を諦《あきら》めの境地へと追いやった。

潜入捜査

一九八五年、秋。

僕が転校して来たのは、京都市立城沢《しろさわ》高校二年二組だった。

先生が黒板に『真田清《まだきよし》』と僕の名前を書き、神奈川県の高校から転校してきたと僕のことをみんなに紹介した。関東から京都へ来た僕のことが珍しいのか、クラスのみんながいっせいに好奇の目で僕のことを見た。

「神奈川県から来たってことは、もしかしたら、東海道新幹線１００系に乗ってきたんか？」

休み時間に学級委員の中原瞬《なかはらしゅん》が向こうから声をかけてきた。僕は一瞬質問の意味が分からなくて「あ、うーん」と言葉を濁《にご》した。話しているうちに、新幹線１００系とは、国鉄が製造し、今年の十月一日にデビューしたばかりの東海道・山陽新幹線二世代目の車両だということが分かった。彼は鉄道マニアで、１００系に並々ならぬ興味があるらしい。

「いや、残念ながら古いやつ、なんていったかな」

「なーんや、0系?」

「そう、それに乗ってきた」

そう返事すると中原はちょっとがっかりした顔をした。だが、それから中原とは打ち解けて話ができるようになった。彼はスポーツ万能の上勉強もできるので、クラスの中心的な生徒だった。しょっぱなから彼と親しくなれたのは運が僕に味方してくれたからだと思った。彼のそばには同じく優等生の竹宮昇《たけみやのぼる》がいて、彼も話の中に入ってきたので、十二月に公開される「バック・トゥ・ザ・フューチャー」の話になった。好奇心に輝く彼らの瞳を見ているうちに、僕はまぶしくて思わず視線をそらしそうになった。かつてこの僕にもこんなワクワク感に心躍《おど》ることが何度もあった。そう思うと、今は失ってしまった自分の青春時代に懐古の念が湧《わ》いてきた。

だが、こうして、僕の潜入捜査第一歩はまずまず順調に運んだのだった。

僕が神奈川県から来た、というのは実のところ嘘《うそ》だった。僕は関東の出身だが、もう六年も前から社会人として京都に住んでいた。本名は、真田清ではなく、杉村雄一《すぎむらゆういち》、二十六歳だ。もしかして、僕の顔を知っている者がこのクラスにいるのではないかと内心ひやひやしたが、不審な目で僕を見る者はいなかった。

真田清は僕の従弟《いとこ》で今でも神奈川にいた。ただし、中学校から学校を休みがちになり、なんとか高校へ入学したものの、一年の夏休み前から、完全に登校拒否になってしまった。清の家は大豆の品質にこだわった手作り豆腐の店をやっていて、料亭や百貨店に卸《おろ》すまでになっていたから家内業としてそこそこ安定していた。だが、叔父は自分に学歴がないことを人一倍気にしていたから、息子が高校中退というのがどうしても我慢できないらしい。清は体は弱いものの勉強がよくできたので県内でもトップクラスの高校へ入学した。それだけに、叔父としては悔やまれるのだ。息子にいい大学を出て一流企業に入社して欲しいと望んでいた。

僕に言わせれば、仮にいい大学を出たとしても、集団生活が苦手で体の弱い従弟がサラリーマンとしてバリバリ働く、というのはイメージとして湧かない。

なんとか大学まで行って欲しいと親にせっつかれて、従弟は気の進まないまま大検を受ける道を考えていた。そこでふと僕は名案を思いつき、清に提案してみた。彼の代わりに僕が、他府県の高校を卒業する、ということだった。その方が大検を受けるより手っ取り早いだろう。

その話を聞いたとき、清は大乗り気になり、大検を受ける気はすっかりなくなってしまった。清と僕は容姿が非常によく似ている上に僕は童顔で小柄だから、制服を着れば高校った。

生に見える。僕にはその勝算はあった。資料を整えて、僕は、京都のこの高校の編入試験を真田清の名前で受けて合格した。もちろん、僕には、この高校へ潜入する別の目的があった。

帰宅してみると、婚約者の安伊聖子《やすいせいこ》から手紙が届いていた。それは拘置所からの手紙だった。彼女は同じアパートに住む中学生の少女、平中《ひらなか》ゆみ江《え》の人生に二年前に巻き込まれ、彼女を殺した容疑で勾留《こうりゅう》されてしまったのだ。

事の発端は、鍵を忘れて、家に入れなくなった平中ゆみ江を部屋に上がるように勧めて、少女と親しくなったことにあった。

その少女と聖子との間にちょっとしたいざこざが起こった。そんな時に、何者かに彼女が殺された。いくつもの悪い偶然が重なって、聖子はその少女を殺した罪で警察に容疑者として逮捕されてしまい、厳しい取調べに屈して、調書に判をついてしまったのだ。

——あなたからの手紙が来なくなったら私は生きる希望を完全に失ってしまうでしょう。

その一文を見たとたんに、僕の目に涙が溢《あふ》れてきた。

すまない。しばらく手紙を書かなくて。僕は真田清としてやつらの高校に潜入するために、仕事をやめて一ヶ月ほど京都を離れていたのだ。

僕たちはささやかな幸せを求めて互いに支えあって生きていこうと誓っただけだ。人から恨《うら》まれるようなことは何一つしていない。なのにどうしてこんな形で二人は引き裂かれなくてはならなかったのか。彼女の無実を証明しない限り、僕はこの世に正義があることが信じられなかった。この冤罪《えんざい》事件は、僕から生きることの根底となる希望まで奪ってしまった。このまま世の中を恨みながら一生を終えたくない。聖子は自分がしたことでもない殺人の罪をかぶって、諦《あきら》めの境地に陥っているが、僕は絶対に諦めない。真犯人をなんとしてでも突き止めてやるつもりだ。

電話が鳴ったので、受話器をとる。

「ゆうちゃん？」従弟の真田清の声だった。

「ああ、清？　今日から学校へ通ってる」

「無理しなくてもいいよ。バレそうになったらとっとと逃げたらいいからさ」

「でも、それだと清の将来が……」

「僕、親父の家業を継ぎたいんだ。小さい頃から、豆腐を作るの見ていて、そういう親父のこと尊敬しているから。性格も親父そっくりだしね。一流企業のサラリーマンになんかなりたくないんだ。組織とか集団とかそういうの向いていないから」

清らしい意見だ。彼は若いのに自分のことを分かっているなと、僕は感心した。

「そうか。まあ、僕は集団がそんなに苦手じゃないからな。それに、僕よりうんと年下の連中相手だろう。年の功ってヤツ。うまく溶け込める自信はある」

「ふーん、ゆうちゃん、さすがだね。今回の計画をゆうちゃんに実行してもらいたかったのには、実は別の理由があるんだ。僕のもう一つの目的、ゆうちゃんには話してなかったけど、それを実行してくれることになるんだ」

「えっ?」

それってどういう意味? 僕は、清に自分の計画を見抜かれているのではないかと思い、一瞬、ひやりとした。僕は彼が不登校であることを利用して今の学校にもぐりこんだのだ。本心から彼のことを思ってのことではない。そのことに罪悪感を抱いていたからなおさらだ。

「実はね、僕、真田清の分身が、学校でのびのびしている時期があった、っていう歴史を作りたかったんだ。嘘でもいいからさ。だって、僕はいつも学校でびくびくしていたから。ゆうちゃんって僕と違って、学校好きじゃん」

そう言うと、清は含み笑いした。

人にはそれぞれ得意分野、苦手分野がある。そんな形で清に貢献できるとは僕は夢にも思っていなかった。そうか、清の分身が学校で楽しくしているのがいいのか。まるで今いる学校が仮想空間になったような気がした。清のこの考えに僕は勇気づけられた。

「わかった。じゃあ、清のためにうまく学校に溶け込むよ」

僕はそう言って、電話を切った。

中原瞬と竹宮昇と仲良く話せるようになったのはいい滑り出しだ。その二人を介して、問題の葉神里香《はがみりか》、その友人で隣のクラスの田中希恵子《たなかきえこ》に接近するつもりだった。その二人が、平中ゆみ江を殺した犯人だと僕は疑っていた。ゆみ江が殺された時、二人らしき人物が殺人現場であるアパートの裏庭から逃げていくのを、聖子は目撃している。ところが、二人には、南亜子《みなみあこ》の家にいたというアリバイがあった。僕はこのアリバイをなんとか崩せないものか、と考えていた。

＊

葉神里香は、中原瞬と肩を並べて帰宅した。一緒に帰る途中で公園へ寄って、ベンチに腰掛けておしゃべりするのが恒例になっていた。

「転校してきた真田君ってどんな人？　なんか最近、楽しそうに話してるやん」

「明るくて楽しいやつやで」

「関東の人やから関東弁やんかあ。なんか違和感ある」

「そうか。テレビのこととか今流行のこととか、話題豊富やで」

中原は無邪気な声で言った。彼はクラスでは明朗な人間で通っている。だが、里香は彼の影の部分を知っていた。本当はとても弱い人間なのだ。自分が守ってあげなければこの人はダメだ、そう思わせるところが実は里香は好きだった。

「ふーん、そうなんや」

真田清の話を軽く振ってみたかったのは、彼の里香に向ける絡みつくような執拗《しつよう》な視線が気になったからだ。里香は自分の容姿が男子にそこそこ受けることを知っていた。男子の視線を感じることはあるが、それはたいてい好意的なもので、自分の自信の源になっていた。ところが、真田の視線に限っては、決してそうではなかった。こちらを見透かしたような、おまえの正体はお見通しだ、と恐喝《きょうかつ》されているような嫌な空気が伝わってくるのだ。彼の視線に負のものを感じるたびに「気のせいだ」と自分に言い聞かせた。彼は数日前に里香の通う高校に転入してきたばかりなのだ。以前から知っているわけではない。恨みを買うはずがないではないか。

「今度の日曜日、映画見に行かへん？」

里香がそう誘うと、中原は不自然な笑みを口元に浮かべたが「あ、うん」と曖昧《あいまい》に返事した。里香は中学の時に一目ぼれしてから、ずっと彼に憧れ、彼だけを見てきた。里香にとって、彼は運命の人なのだ。

だが、彼は里香といる時、時々うつろな目をすることがある。そんな時、彼が誰のことを思っているのか、里香には分かっていた。きっと平中ゆみ江のことを思っているのだ。

それでもいい。里香は彼がこんなに好きなのだから。そして彼はずっと自分のそばにいてくれると確信していた。なにしろ、ゆみ江はもうこの世にはいないのだから。

帰宅してみると、祖母の部屋からぼそぼそ話し声が聞こえてきた。母がまた祖母の説教をくらっているのだ。祖母は吝嗇《けち》で、母のつけている家計簿を毎日のようにチェックして、ちょっとした無駄遣いも見逃さなかった。

——ああ、いややわ。こんな家。

里香はため息をついた。自分の生まれた家がどうしてここなのかと不満でたまらなかった。祖母が家計を握っているせいで、母は一円のお金も自由にできない。だから、里香は文房具を新しいものにするのに、たとえば消しゴム一つ買うのですら、いちいち祖母のご機嫌をとらなくてはいけなかった。いまだにぼろぼろの筆箱に短くなった鉛筆を入れているのを級友に見られるのが恥ずかしくてたまらないのだ。

——学生なんやから、古いの使うのあたりまえですやろ。胸張りなさい。むしろ立派なことです。贅沢《ぜいたく》は自分がお金を稼いでからにしなはれ。分相応、いうのんがありますさかいに。

祖母は口を開《ひら》けば、この台詞《せりふ》一点張りだった。確かに筋の通った意見だ。だが、祖母の時代と今は違うのだ。里香の周囲を見回してみると、親がお金を惜しまない家ばかりだった。ブランドのバッグを買ってもらっている子だっているのだ。

こんな古くさいばあさんが家計を牛耳《ぎゅうじ》っている家など、里香のところくらいのものだ。同居なんかしなければよかったのに。筆箱だってシャーペンだってみんな新学期には新品のものを買ってもらっている。なぜ、里香だけが親戚のお古でいまだに我慢しなくてはならないのだ。里香は二階の部屋へ行くと、机に向かって、宿題をはじめることにした。こうして真面目《まじめ》に勉強している里香を見て祖母は、自分たちの育て方は間違っていなかったのだと誇らしげだ。勘違いもいいところだ。里香は、こんなけち臭《くさ》い家から一刻も早く抜け出したい一心で勉強しているのだ。子どもにだって、自分みたいな惨《みじ》めな思いはさせたくない。いつも新品のものを持たせてあげたい。

ふと、中原瞬のことが頭に浮かんだ。彼は自分にとって、今のこの惨めな現状から救ってくれる王子様のような存在だ。勉強が学年でトップの彼にふさわしい人間になるため、いや、彼と同じ大学へ行くために里香は必死で勉強しているのだ。

里香は学校のカバンを開けて、宿題のプリントとノートを出そうとした。その時、見慣れないジップつきのビニール袋が入っているのが目に付いた。自分はそんなものを学校へ持っていった覚えはない。

不思議に思い、それを引っ張り出してみる。中にB5サイズの紙と、そして、なにやら破片が入っていた。手にとってよく見るとそれは半分に割れた顔だった。里香は思わず「ひゃっ」と小さな悲鳴をあげてそれを放り投げた。畳の上をころころと転がってとまった時、目がこっちを向いた状態になったので、里香はもう一度大声で叫んで顔を背けた。

落ち着くのだ。自分に言い聞かせた。顔と言っても、陶器でできた顔だ。鼻、口はあるが目と頭が半分欠けている。首から上だけなのでもちろん胴体はない。里香はどこかでこれを見たことがあるような気がした。記憶の奥底に押し込めてしっかり蓋《ふた》をしたはずのある事柄がふっと脳の上層部に浮上してきた。

——これは……あの時のリヤドロのバレリーナ……

恐ろしさのあまり全身の血が一気に引いていくのを感じた。

だが、どうしてこれが、自分のカバンの中に入っているのだ。里香は、ビニール袋の中に入っている紙を恐る恐る手に取った。

こんな姿になった私を元に戻して！

壊れた私たちの関係を元に戻して！

あなたが殺した私を生き返らせて！

今閉じ込められている檻《おり》から、私を出して！

でなければ地獄の底からあなたを永遠に呪いつづけてやる！


最後の一行を読み取った瞬間、手元からパラリと紙がすべり落ちた。これは脅迫文だ。だが、どうして今頃になって、こんなものが自分のカバンの中に入れられているのだろう。呪う？　冗談ではない。なぜ自分が呪われなければいけないのだ。

確かに、あの安伊とかいう女の部屋でリヤドロのバレリーナが壊れた。だが、壊したのは、里香ではない。里香もその現場にいたから、共犯とみなされているのだろうか。だが、あれを壊したのは、田中希恵子だ。いや、正確にはもう一人、あの場にいた彼女に命令して……、そこまで考えて、あわててこの思いを打ち消した。

キエに電話してみようかと咄嗟《とっさ》に立ち上がったが、思いとどまった。

あの事件以来、里香はキエと亜子と距離を置くようになっていた。三人とも同じ高校に入学したが、廊下ですれ違っても、互いに知らん振りを通している。向こうでも里香との接触を避けていた。顔を合わすだけで、昔の嫌な記憶がよみがえってくる。その記憶を完全に葬り去るには、互いが存在しないかのように振る舞うしかないのだ。そうすることによって、あの過去もなかったことになった。人間、過去に一つや二つ、思い出したくない過《あやま》ちというのがある。いちいち覚えていたら罪悪感に苛《さいな》まれて生きてなどいけない過ちが。忘れる、というのは神が人間に与えてくれた慈悲深い救いの手であり、生きていくために不可欠な行為なのだ。なのに誰かが里香の記憶をほじくり返しはじめている。いったい誰なのだ？　こんなことをするのは、あの事件に関係のある人物に違いない。

里香は今日一日の学校生活を振り返ってみた。

最後にカバンを開けたのは、六時限目の古文の授業が終わってからだ。それから部活へ行く前にトイレへ立った。教室に帰ってきてみたら、他のみんなは帰宅したか、部活へ行って誰もいなかった。

そのまま、バドミントン部へ里香は行った。カバンは、女子の更衣室のロッカーに入れた。そのロッカーには鍵がかかるので、誰かが部活の練習の最中にそれを開けることはできない。つまり六時限目の授業が終わって里香がトイレに行っている間に、誰かが入れたことになる。級友の仕業《しわざ》である確率が高い。

里香の頭に、転校生の真田清の顔が浮かんだ。

冬休みの間、僕は、南亜子の家庭の事情を調べた。いろいろと興味深い情報を仕入れられたのだが、休み明けの金曜日に予想外のことが起こった。

＊

その日の放課後、僕は教室で、葉神里香のカバンにリヤドロのバレリーナの破片を入れていた。その時、教室の扉を誰かが開けようとした。簡単に開かないように、僕は扉の隙間に定規を挟《はさ》んでおいたのだが、「くそー、このオンボロ！」という声がしたかと思うと、ガンガンという音がきこえてきた。葉神里香の机から離れて、扉の方へ行くと、そこに一人の女子生徒が飛び込んできて、僕にぶつかった。その衝撃で僕のカバンが落ち、ノートや教科書が床に散らばった。

「あっ、ご、ごめんなさい」と謝りながら、彼女は床に散らばった僕のノートや教科書を拾い集めた。同じクラスの荻田奈々子《おぎたななこ》だった。彼女は書店の娘だ。影が薄くて目立たない子だが、僕はクラスの生徒のことはだいたい把握していた。

僕は、床に散乱している鉛筆や消しゴムを筆箱の中に入れて蓋《ふた》を閉じると、彼女がそろえ集めてくれた教科書とノートを受け取り、カバンの中にしまった。

彼女はもう一度僕にぺこりと頭を下げて謝った。

「ずいぶん慌ててるみたいだね。忘れ物？」僕は訊ねた。

「レポート。週明けまでにまとめないといけないから、だから、だから、忘れたから、慌ててしまって……」彼女はしどろもどろになりながら、小声で答えた。

「ああ、秋の京都についてのレポート？」

「うん、そう、それで急いでいて、だから……」

顔を真っ赤にしながら弁解している彼女の表情がなんとも微笑《ほほえ》ましい。温かいものが僕の心の中にじんわりと広がった。

「僕は転校してきたばかりだから、今回はいいって先生に言われてるんだ」

彼女は黙って何度も頷《うなず》いた。

「あんまり慌てないで、レポートがんばってね」

僕は余裕で彼女を励ますと教室から出て行った。

ところが、帰ってから、カバンに入れていた聖子から届いた手紙が見つからないことに気づいた。カバンが落ちて、中身が散らばった時に回収し忘れたのだ。手紙はまだ教室の床のどこかにある。そう思い、翌日、誰よりも早く、教室へ行ってみたが、手紙は見つからなかった。

まずい。荻田奈々子に拾われてしまった可能性がある。だが、宛名は真田清ではない。杉村雄一宛てに書かれた手紙なので、彼女が僕の落し物だと思わないことに僕は賭《か》けた。

それから数日後のことだった。僕のアパートの部屋の前に荻田奈々子が立っていた。

「ま、ま、真田君……」彼女は、どもりながらそう言った。

僕は彼女の手元を見て「あっ、その手紙……」とうっかり言ってしまった。やはり彼女が聖子の手紙を拾っていたのだ。

彼女は僕に手紙を手渡すと逃げるようにアパートの階段を下りていった。

この手紙を彼女に読まれてしまったのは大失敗だ。なにしろこれは聖子が僕に宛てた拘置所からのラブレターなのだ。彼女は今の僕の反応から僕が真田清ではなく、杉村雄一だと疑ったに違いない。これは困ったことになった。

それから、僕は、荻田奈々子の視線を感じるようになった。時々、こちらを不審な目でじっと見ているのだ。幸い、荻田奈々子は、中原瞬や葉神里香とは付き合いがないみたいだ。彼女は、いつも二人の女子と三人組で教室の隅っこにいる、消極的な生徒だ。

手紙のことが葉神里香にばれる前に、彼女をなんとかして丸め込まなくてはいけない。そう思いながらもなかなかいい策が浮かばなかった。

僕は自分の身分がばれてしまう、という危うい状況の中、聖子の無実を晴らすために集めた情報を自宅で何度も検証した。

南亜子は田中希恵子と葉神里香と小学生の頃から一緒だった。南亜子は体力的にも押しの強さでも希恵子にかなわないので、友達というより、どちらかというと子分のような存在だった。その点、里香は勉強ができる上にクラスの人気者だったので、希恵子とは対等の関係だった。

だが、中学三年の時、同級生の平中ゆみ江が殺されてから、三人は、ぱったりと付き合うのをやめた。

平中ゆみ江が殺されたのは、一九八三年七月某日の午後二時四十分だった。

殺された日の三人の証言はこうだった。その日は土曜日で、午前中で授業は終わった。家で食事を済ませてから、亜子の家に二人で行き、午後一時から夕方五時頃まで、ずっと宿題をしていた、というのだ。

調べの中で、僕は非常に重要なことを発見した。

南亜子の家庭の事情は決して幸せとはいえなかった。父親が植木職人で、仕事は不定期の上、酒乱で、仕事が休みの時は昼間から酒を飲んでいるという。それが原因で夫婦喧嘩が絶えなかったらしい。

母親はスーパーのレジの仕事をしているので、土日も働いているから土曜日に両親が家にいることはあまりない。だから、亜子の家に三人で集まることがよくあったという。

僕は、ある雨の降る土曜日、南亜子を張り込み、出かける彼女の後をつけた。彼女は中央図書館へ行き、そこで本を読みはじめた。僕は彼女の前まで行って声をかけた。

「やあ、こんにちは」

彼女は僕が誰なのか知らないので、読んでいる本から目を離して僕を見上げて、ぽかんとしていた。

「隣のクラスの真田です。ここいい？」

そう言って、僕は照れくさそうに頭をかきながら、彼女の向かい側の椅子《いす》を指差した。

亜子はなんと返事していいのか分からないようすだったが、それほど不愉快そうな顔はしなかった。ちょっと恥ずかしそうにもじもじしている。

「雨の日、よくここの図書館へ来ているよね？」

「うん、そうやけど、なんで知ってるの？」

「何度か見かけたから」

「そうなん。真田君もこの図書館利用してるんや。全然気がつけへんかった」

「どうして雨の日ばっかり来るの？」

亜子はそれには答えずにうつむいた。僕は彼女がここへ来る理由を知っていた。

＊

里香は、教室の窓際で、中原瞬が真田清、竹宮昇と三人で楽しそうに話しているのをじっと見ていた。いつもだったら里香も話題に加わるところだが、真田が転校してきてから、中原が彼といる時は近づかないようにしていた。だが、級友と打ち解けて話している彼は、どこから見てもごく普通の高校生にしか見えなかった。転校生でここまで簡単に教室になじめるというのは、珍しい気がしたが、元来が社交的な性格なのだろう。

学校の帰りに真田清のことで、中原に探りを入れてみるが、特に怪しいことは何もなかった。今、高校生の間で流行《はや》っている漫画やテレビ番組の話をしているだけだという。

あの悪質な脅迫文は読んだ直後にびりびりに破って燃やし、顔の破片と一緒にゴミ箱へ捨てた。里香は、再び自分の記憶から、すべてを消し去り、翌日から何もなかったように学校へ行った。

ところが、それからも嫌がらせは毎日のように続いた。バレリーナの掌《てのひら》、足などの破片が、机の中、下駄箱や上靴、体操服のポケットの中に同じ文面の紙と一緒に入っているのだ。

間違いなく学校の誰かがやっていることだ。あのことを知っている誰かが。里香は恐怖に押しつぶされそうになり、食欲がなくなり、めまいと頭痛に悩まされるようになった。そして、ついに学校を休んだ。

家で一日布団の中にいるとこのまま自分は死んでしまうのではないかと思った。なんとかしてここから這《は》い出さなくてはいけない。

――そうだ、相手は人間だ。なにも怖がることはない。誰がこんなことをしているのかこっちから突き止める手立てはないものだろうか。

里香は一晩考えた。

*

ここ数日、僕は葉神里香の顔色を注意深く観察していた。案の定、彼女はおびえている。めっぽう顔色が悪いから相当追い詰められているのだ。弁当に殆《ほとん》ど口をつけていないから、食事もろくに喉《のど》を通らなくなっているのだろう。昨日はついに学校を休んだ。

彼女が弱っていく様子を見ているうちに、僕は自分がいったい何をやっているのだろうか、と迷い始めた。高校生の少女をこんなふうに追い詰める自分の方が嫌な人間のように思えてきたのだ。

ところが、敵もやるものである。

体育の授業から帰ってきてみると、いままで僕が彼女のカバンに入れていたリヤドロの破片が僕のカバンの中に入っていた。

なるほど、僕がやっていることに気がついているのだ。僕は何食わぬ顔で、カバンに入れられた破片をちょっと出して眺めてから、いちばん奥に押し込んだ。そして里香の方をちらっと見る。僕と視線が合うと、彼女はさっと目をそらせた。

学校の帰り、校門のところで葉神里香を待ち伏せした。

「やあ。部活は？」

里香は、びくりとして僕の方を見て立ち止まった。それから、なんとか恐怖を克服したらしい低い声を絞り出した。

「真田君、やっぱりあんたやったんや」

「えっ？　なんのこと？」

「私のカバンの中に破片を入れたん、真田君でしょう？」

「破片ってなんの破片だよ？　意味不明」

「とぼけんといて。リヤドロのバレリーナの破片と脅迫文よ」

「僕は知らない」

「嘘ばっかし。ばっくれんのやめてんか！」

普段のぶりっ子な声ではない。まるであばずれみたいな口の利き方だ。

「僕だって証拠がどこにあるんだよ」

「あんたのカバンに入れておいたんよ。あの破片を」

「ああ、あれ。君の仕業なんだ。いったいどういうつもりで？」

「そっくり全部返してあげたんよ」

「それで？」

「真田君、なーんにも不思議におもてへんようすやったもん。普通、そんなへんなもんが入ってたら、もっとびっくりするやろう？　先生にいいつけるかなんかするやろうな」

「なるほど。でも返してくれたのは全部じゃないよ。首がないから」

里香の顔が一瞬凍りつき、それから目が怒りでつりあがった。

「あんた何者？　あのバレリーナとなんの関係があるん？」

僕は鼻で笑って、答えなかった。

「ちゃんと答えてんか！」

「どうしてバレリーナだって知ってるんだよ。しかもリヤドロだって、破片を見ただけでどうして分かる？　それにどうして君は破片のこと先生に言いつけなかったんだ？」

ドスの利いた声で僕は言い返した。里香の顔がさっと青ざめた。優等生のわりに浅知恵だ。こっちを問い詰めるつもりで逆に墓穴を掘ってしまったのだ。「しまった！」と心の中で叫んでいるのが彼女の表情から伝わってきた。

「あの子が壊したやつ……やから」

「あの子って誰？」

「それは、つまり……」

「どうしてそうだと知ってるんだ。見たことあるの？」

「そ、それは……」

「見たことあるんだよね。これが置いてあった家に忍び込んで壊したのは君なんだ」

僕は彼女に詰め寄った。リヤドロのバレリーナは僕が聖子に贈ったものだった。それを、彼女たちが平中ゆみ江を使って、聖子の部屋に入って壊したのだ。

「私が壊したんとちがう！　ちがう、ちがう！」里香は必死で否定した。

「じゃあ、誰が壊したんだ？」

「平中さん……」蚊《か》の鳴くような声だった。

「その子はもう死んでこの世にいない」

里香は顔を引きつらせた。唇が震えている。

「これを壊した時、君も一緒だった。だから、この陶器に見覚えがあるんだ。だろう?

さあ、白状してよ」

里香は目に涙をためたままぽつぽつと説明し始めた。これは平中ゆみ江が壊したものだが、彼女は、田中希恵子、南亜子と一緒にその場にいたのだという。

「つまり君たちが安伊聖子の部屋に勝手にあがりこんでバレリーナを壊したんだね」

「私とちがう」

「だったら、なんで君は安伊聖子の部屋にいたんだ」

「あの頃はみんなキエが怖くて、そやから言うことききかなしょうがなかったんよ。平中さんもそう。平中さんがその安伊とかいう人と同じアパートに住んでいて、親しかったから合鍵もってたんよ。それでキエがいたずらしようと言いだして……」

「平中ゆみ江が殺された時、君たちは確か……」

「それは私たちとは全然関係のないこと。私らは亜子の家で宿題やってたから」

「確か、あの日は雨だったよね」

「えっ、そうやった? よく覚えてへんけど」

「警察の捜査で、その日は雨が降っていたので、現場の足跡が流されてたってきいてる」

僕が注目したのは、平中ゆみ江が殺された日、雨が降っていたということだった。殺された現場から南亜子の家までは約三十分ほどかかる。だから、一時から夕方の五時までずっと亜子の家に三人がいたのだったら、殺された現場に希恵子と里香がいるはずはない。

だが、その日、もし雨で仕事が中止になり、南亜子の父親が家に帰ってきたとしたらどうだろう。いや、その日の天気予報は曇り時々雨だった。だから、亜子の父親は仕事には行っていなかった可能性が高い。

酒乱の父親のいる家で宿題ができただろうか。

仮にその日はたまたま父親は外出していたかもしれない。だが、雨が降っている段階で、亜子の家の事情を知っている三人はそこに集まろうと考えなかったのではないだろうか。

父親が突然帰ってきて酒を飲み始めれば、たとえ溺愛《できあい》している娘にでも暴言を吐く。友達を呼んで宿題ができるはずがない。僕はそう推測し、それを立証することに奔走《ほんそう》した。

僕は南亜子の父親がいつも行く居酒屋へ頻繁《ひんぱん》に足を運び、接触した。話しているうちに彼がスケジュール帳を持っていることを知った。

「へーえ、それってずっとつけているんですか？」

「もちろん。これがないと仕事にならへんからな。三年前から分かるようになっとる」

南亜子の父親は、ぱらぱらとページを繰りながら言った。よくみるとそれは三年連用ダイアリーだった。四行ずつ、三年分のスペースがとってあるのだ。天気や年度・曜日・気温を書く欄まであった。だとすると、二年前のあの事件の日の彼のスケジュールも分かるはずだ。僕は父親がトイレに立った隙《すき》に平中ゆみ江が殺された日の彼のスケジュール帳を確認した。

一九八三年七月某日

大山家　中京区R町〇筓ウ番地　朝九時　↓　雨のため仕事中止。自宅

そう書かれていた。つまり大山さんという人の家の庭の手入れに行くはずだったが、雨で中止になったということだ。僕はそのページをカメラで撮影した。

父親は、家で酒を飲んでいた事実を隠していたので、警察にこのことは発覚しなかった。仮に家で酒を飲んでいたとしても、娘をかばうためなら警察に嘘《うそ》を言った可能性が強い。

「それがどうしたん。雨やったらなんなん？」

「南亜子の父親があの日、家で酒を飲んでいた」

そう言うと、僕はスケジュール帳の写真を里香に見せた。彼女はろうそくのような白い顔のまま、僕が見せた写真をしばらく凝視した。僕は追い討ちをかけるように続けた。

「南亜子はすでに白状した。君たちのアリバイが嘘だったってことを。彼女はあの日、帰

宅してみると、父親が家にいた。絡まれるのが嫌なので、母親の作ってくれたおにぎりを食べてから、バスで中央図書館へ行って、午後四時半くらいまで借りた本を読んでいたそうだ」

「うそ、そんなこと亜子が言うはずないもん」

南亜子に白状させるのは確かに大変だった。彼女は父親が昼間家にいる時、必ず図書館へ行っていたことが調べているうちに分かったから、僕は雨の日の土曜日を選んで彼女を図書館で問い詰めたのだ。

「本を借りた記録が図書館に残っているから、警察に調べてもらえば分かると言ったら、白状したよ。帰宅したのは午後五時過ぎ。父親は酔っ払って寝ていたそうだ」

「今頃になってそんなことを……あんたはいったい何者なん？　あの事件といったいなんの関係があるのん？」

「それより、どうして、警察に嘘をついたんだ？」

「それは……怖かったから」

「つまり、君たちが平中ゆみ江を殺したからだね？」

里香は必死でかぶりを振った。

「だったらどうして偽のアリバイなんかを？」

「キエが怖がったん。だって、あの子、平中さんのこと……」

「金づるにしていたんだろう？　あの日もアパートの裏庭で待ち合わせをして、金をせびった。そしてもめたんだ。もめた拍子に彼女を突き飛ばし、そして怒りに任せて……」

「ちがう。それはちがう！　確かに、私たちは平中さんのアパートまで行った。そやけど、彼女はすでに誰かに殺されていた、裏庭で」

「なぜ裏庭へ行ったんだ？　まず部屋を訪ねるのが普通じゃないか？」

「お母さんがいてはるから」

「なぜ彼女が裏庭で死んでいると分かったんだ？　へんじゃないか？」

「アパートの前で待ち合わせしてたん。彼女と。そやのに全然降りてきいひんから、それで……」

「アパートの二階の彼女の部屋へ行かずに、わざわざ裏庭へ行ったっていうのか？　そんなの辻褄《つじつま》が合わないじゃないか」

「それは……」

　そういうなり彼女は黙り込んだ。視線が宙を舞っている。この窮地《きゅうち》をどうやって言い逃れようか頭をフル稼働しているようだった。

「裏庭から彼女の部屋の窓が見えるの。そやから、のぞきに行こうと思って回り込んだん。

窓が開いてたら声をかけようと思って。そしたら……」

「彼女の死体を発見したっていうのか？」

僕は疑わし気に里香の顔を見つめながら言った。彼女は僕と視線を合わそうとしなかった。嘘を言っているのは明々白々だ。

「キエが怖がって、私も怖くなって、それでそれで亜子に頼んで」

「たったそれだけの理由で、三人でアリバイ工作をやったっていうの？　嘘つけ！　普通、人が倒れていたら誰かを呼ぶか警察に知らせるだろう？　何かやましいことがあったから、逃げたんだ」

里香はうっとうめいて返事をしなかった。

僕は、亜子と話したことも、今、里香と話したことも、すべてテープに録《と》っていた。あと、もう一歩だ。

「平中ゆみ江を殺したのは君と田中希恵子だ」

僕はきっぱりと言った。

「なんでそんな昔のこと、今頃、あなたは調べてるん？　どうして、私のことをこんなふうにいじめるの？　確かに、平中さんからお金をせびったことはある。新しい筆箱が欲しかったんや。そうでないと、みんなに馬鹿にされて、いじめられるのはこの私やったんや。

そやからそやから、それが怖くて……。なあ、お願いやから私のこともうこれ以上いじめんといて！」

里香はヒステリックな金切り声を上げ、わんわん泣き出した。

これでは、まるで僕が彼女をいじめているみたいではないか。

南亜子にしても葉神里香にしても、それぞれ複雑な家庭の事情を抱えて、綱渡りの青春時代をすごしているのだということが僕の胸にひしひしと伝わってきた。

だが、彼女たちのことを警察にもう一度調べなおしてもらわないと、聖子の無実を晴らすことはできない。

「あなたはいったい誰なん？」

目に涙をいっぱいためたまま里香がもう一度訊《き》く。

僕は返事に窮した。僕は別の難題に直面し、唖然《あぜん》となった。これらのことを証明するには、僕が真田清の名前を騙《かた》って学校へもぐりこんだことを明かさなくてはいけない。リヤドロの破片を使って、葉神里香を脅迫したことが発覚してしまう。

身分を偽ったうえに脅迫罪に問われることになる。そんなことになったら清にまで迷惑をかけてしまうことになる。それだけは絶対に避けたい。

僕は、荻田奈々子のことを思い出した。彼女は僕が杉村雄一ではないかと疑っている。

なんとか彼女を説得し、口外しないよう約束しなくてはと焦《あせ》った。

「誰って、僕は真田清。君たちと同じ高校生だよ」

僕は穏やかな声でそう言って、その日は里香と別れた。

翌日、学校の帰りに僕は荻田奈々子を待ち伏せした。

あの手紙は、安伊聖子が前のアパートの住人の杉村雄一という人物に送ったものだと説明した。返事が来ないことを苦に、死にたいという聖子の気持ちを知り、杉村雄一の居所を必死で探した。だが、見つからなかったので、一人の女性の命を救うために、杉村の代わりに返事を書き続けた。というもっともらしい話をでっち上げたのだ。

「だから、二人だけの秘密にしてね」

僕は秘密という言葉を強調して、彼女に頼んだ。

彼女は素朴で清らかな表情で、絶対に口外しないと誓ってくれた。

それからというもの、荻田奈々子は、僕に熱い尊敬のまなざしを送るようになった。今まで僕は彼女の存在に気づきもしなかったのに、突然、彼女の無垢《むく》な心が僕の中で拡大してきたので戸惑った。僕は彼女の口を封じたい一心で、軽くウインクする。すると彼女は、こっそりピースサインを返してくるのだ。

騙《だま》してごめん。僕は心の中で彼女に何度も謝った。

それからというもの、彼女とサインを交わすたびに僕の胸に痛みが走るようになった。日に日に、僕は葉神里香たちを追い詰める気力を失っていった。それよりも、荻田奈々子を騙していることに、罪悪感を覚えるようになった。

証拠は充分集めた。もう潮時《しおどき》だ。僕は転校手続きを取って、クラスから消える決心をした。仮に身分詐称がバレて問題になったとしても、それは僕単独でやったことであって、真田清と共謀していたわけではないと話すつもりだった。話をすり合わせるために清に電話した。

最後に計画を頓挫《とんざ》させたことを清に謝った。

「ごめん、清。クラスメイトを騙して学校にいるのが辛《つら》くなったんだ。このままだと僕は学校で明るく振る舞えなくなってしまう……」

荻田奈々子の僕に向けた純粋な眼差《まなざ》しが頭に浮かんだ。

「たった数ヶ月だけど、僕、クラスに溶け込めたんだね。それだけでもうれしいよ。ありがとうゆうちゃん」

清がそう言って僕に感謝してくれたから、申し訳なくて涙が出そうになった。

南亜子の父親があの日、家で飲んだくれていた証拠となるスケジュール帳の写真、それと南亜子と葉神里香との会話の録音テープを紙に包んで小さな箱に入れて、聖子を取り調べた刑事宛てに送ろうとした。だが、宛先を書いているうちに、そこで僕の手が突然ぱたりと止まった。

南亜子のあどけない表情、葉神里香の泣き声、そして荻田奈々子の初々《ういうい》しい眼差しが僕の脳裏に蘇《よみがえ》ってきた。

——こんなやり方ではなくて、他の道を探そう。君の無実を証明するための、もっとフェアな道がきっとあるはずだ。

僕は心の中で聖子にそう語りかけた。

幽霊のいる部屋

そこへ引っ越してからだった。過去の世界へひっぱって行かれるような不思議な体験をするようになったのは。

杉田佐織《すぎたさおり》は、新聞の賃貸住宅の欄にくまなく目を通しているうちに、ある小さなアパートの広告を見つけた。家賃が破格に安いのが佐織の注意を引いたのだ。

そのアパートは築四十年以上の古い木造で、六畳と四畳半の二部屋と小さなキッチンだけだったが、佐織一人が住むには充分な間取りだった。

佐織は必要最低限のものを持って、夜逃げするみたいに自分の家を出た。

アパートに入った夜、佐織は夢を見た。天井に美しい少女が張り付いている夢だった。

——あなたは？

そう言いながらどこかで見たことのある顔だと思った。美しい人。それは佐織の憧れだったお姉さんの顔だ。あれは、いつのことだっただろう。

——私、昔、殺されたの。

少女はそれには答えなかった。殺されたということは少女は幽霊なのだ。幽霊が話しかけているのに、なぜか佐織は怖くなかった。

——誰に？

——成仏《じょうぶつ》できなくて出てきたの？

少女はクビを横に振った。

——待っているの。

——誰を？

——私を殺した人がこっちの世界へ来ることを。

——どうして？

——その人は生きていても可哀想な人だから。

それだけ答えると、少女は消えた。

夢から覚めてから、あれはいったい誰だったのか、と佐織は思いを馳《は》せた。それから、果たして夢だったのだろうか、本当に幽霊がでたのではないか、と思った。なぜなら、あの少女に見覚えがあるからだ。

かなり昔のことになる。佐織がまだ小学生の頃、とても美しい人がいた。ずっと年上の人だった。多分、その人は中学生だったと思う。

それから少女の言葉を思い出した。私は、昔、殺された、という言葉を。そうだ、あの美しい人は殺されたのだ。佐織は、遠い記憶をゆっくりとたぐりよせて行った。

自分を殺した人を待っている？　犯人を死の世界へ引きずり込もうとしているのだろうか。その人は生きていても可哀想な人だから。

人を殺したことを背負って生きて行くのは確かに悲しいことだ。だから、死んだ方がいいと言うのか。その考えに佐織はぞっとした。

少女は自分を殺した人間を正しい方向へ導こうとしているのかもしれない。

裁かれることと、裁かれずに罪を背負って生きて行くこと、どっちが苦しいことなのだろう。

それからというもの、佐織は、天井に張り付いている少女の姿を時々見るようになった。

それが夢ではないということが、ある時から、はっきり分かった。幽霊だ。昔、会ったことのある人の幽霊なのだ。

近所のパン屋さんに、昔、ここらへんで少女が殺される事件がなかったか、と訊《たず》ねた。

パン屋に話を聞いて、佐織は思い出した。

殺されたのは、このアパートの住人だった。平中《ひらなか》ゆみ江《え》という名前の少女だ。

犯人が捕まったのかどうかは、パン屋も知らないと言う。

大きなニュースにならなかったのだ。

それから佐織は思い出した。少女を見かけたのは、荻田《おぎた》書店という商店街の本屋でだった。そこでいつも立ち読みをしていた佐織は、時々、平中ゆみ江が本を買いに来るのを見かけた。

ほっそりしていて色白、ぱっちりとした目が印象的な際だって美しい人だった。初めて見た時、思わずぼーっと見とれてしまった。そして、その人は佐織の中で憧れの人になった。そうだ、その人にキャンディーをもらったことがある。チェルシーのバタースカッチだ。その人からもらったので、特別なもののように大切に食べたのを思い出した。

ほんのりバターの香りが入り交じった味が佐織の口の中に広がった時の幸せな気分を、つい先頃のことのように思い出した。

あんなに美しい人が殺されるなんて、いったい何があったのだろう。自分は彼女が殺されたアパートに今いるのだ。なんという不思議な縁なのだ。

引っ越ししてから、義母の歩美《あゆみ》から頻繁《ひんぱん》に電話がかかってきて、父の面倒を見ているのだから毎月仕送りするように言われた。

受話器の向こうから、義母の声が聞こえてくると、手が震えた。

「あんた、お父さんが病気になってるのに、なんえ。この恩知らず！　さっさとお金、送ってんか！」

こっちは自分の生活だけでも大変なのだ。しかも、父は相当な退職金と月々の年金まであるので、義母は悠々自適《ゆうゆうじてき》の生活を送っているはずだ。

最初は断り続けていたが、会社にまで電話がかかってくるようになった。毎回、毎回、義母の理屈をきいているうちに、自分に非があるように思えてくるから不思議だ。

結局、少ない収入から、なんとか月五万円をひねり出して、送金するようになった。支払いが少しでも遅れると、すぐに会社に電話がかかってきた。まるで借金取りに追われるみたいに、佐織は義母の口座にお金を振り込み続けた。

父のことを思うと、目頭が熱くなった。今となっては、父を人質に取られているようなものだ。

最初に歩美と関わり合いになったのは佐織だった。知人の紹介で京都市内の喫茶店に入って、そこでやっているという素人《しろうと》占い師にコーヒー代一杯で手相を見てもらったのが始まりだった。その占い師が、今、妻として父と一緒に暮らしている田中歩美だった。

佐織がいけなかったのだ。彼女に自分の両親の不仲を打ち明けたのがすべての間違いだった。大学へ入学した頃から母親が留守がちになった。サラリーマンの父は激務で家庭のことはすべて母に任せきりだった。土日もつきあいゴルフで家にいることは殆《ほとん》どなかった。子育ての悩みなど精神面で父はなんの頼りにもならなかった。経済的に依存してはいるものの、母が一人で佐織と兄を育てたようなものなのだ。

たまに家にいる父は、疲れきっていて寡黙《かもく》だった。だから、殆ど、父不在の家と言ってよかった。

留守の間、ずっと家庭を支えてきた母は、兄が自立し、東京の会社へ就職してから、突然、自分の人生を振り返り「私の人生はいったい何だったの？」と、長年主婦をやってきた人によくあるパターンの愚痴を言うようになった。母にとっては、兄が生き甲斐だったし、家庭での男は兄だけだったのだ。その兄がいなくなってから、生きる張り合いを失い、抜《ぬ》け殻《がら》のようになってしまったのだ。

もちろん、父は母の話など聞く耳を持っていなかったし、佐織の方でもちゃんと聞いていなかった。兄は結婚してから、京都へ帰ってくることは全くなくなった。

母は、祖母が病気になったのを言い訳に、ちょこちょこ和歌山の実家へ帰るようになった。少しずつ、帰る期間が長くなって行った。

母の留守中の家事は、佐織がするようになった。そんな折りに出会ったのが、田中歩美だった。

佐織が旅行へ行く際に、父一人残して行くのが心配だと打ち明けたのが始まりだった。田中歩美は、家事を手伝ってあげると親切に申し出た。それからちょくちょく遊びに来るようになった。ぞうきんがけなど、普段、佐織がやらない掃除をしてくれるので、帰ってみると、家が見違えるほどきれいになっていた。

始終笑顔を絶やさない上に家事をやってくれる歩美に対して、父もいやな顔はしなかった。そうやって、少しずつ彼女は佐織の家に入り込んで来たのだった。

どういう経緯で深い関係になったのかは分からないが、知らないうちに両親は離婚し、父は歩美の籍を入れていた。

いつの間にか、財布のヒモまで握られてしまい、家は義母の歩美に支配されるようになった。

佐織が大学を卒業する頃、就職が厳しくなり、結局、正社員として職を得ることはできなかった。

派遣社員として働いている時に出会った男と恋に落ちた。だが、父がその男のことが気に入らなくて、父との間がぎくしゃくするようになった。義母があることないこと言っているような空気は感じられるのだが、陰で立ち回っているので、はっきりした証拠もなく、弁解のしようもなかった。

母の実家を訪ねようかと思ったが、佐織は母のことも許せなかった。母は父を捨てた女なのだ。自分のわがままのために。家族のために必死で働いている父のことを何一つ理解せずに、自分の人生はなんだったの、などと甘い不満を募《つの》らせたのがいけなかったのだ。こんなにいとも簡単に、他の女に家に入り込まれるとは夢にも思っていなかったのだろう。後悔しても後の祭りだ。すべて母のせいなのだ。ちゃんと家を守らなかったからこんなことになったのだ。

結局、佐織が家を出て一人で暮らす決心をしたのは三十歳を過ぎてからだった。

このアパートに引っ越してから、ますます貧困化して行き、身なりもあまりかまわなくなった。恋人は、佐織に愛想を尽かし、他のもっと収入の安定した女を見つけて去って行った。

職を転々としているので、親友と言える人間も気がつくといなくなっていた。

失職し、失業保険をもらう身になっても、義母は、父の病気を理由にお金の催促をし続けた。なのに父の入院している病院がどこなのかすら教えてもらえなかった。

「あんたみたいな恩知らずの子の顔は見とうない、いうてはる。寿命が縮まったら可哀想やから来んといて」

義母はそう言うばかりだった。

時々父から手紙が来るが、そこには自分の病状と、義母にお世話になっているから、彼女の言うとおりにしてくれ、といった内容のことが書かれているだけだった。人間、体が弱ったら、毎日、顔を合わせている者が強いのだ。

一度、母と連絡を取ってみたが、母は母で、すぐに女を作ってしまった父のことを以前以上に憎んでいた。自分に非があるなどということは認めようとしなかった。むしろ佐織が悪いのだとヒステリックにわめき散らす始末だった。兄のところに電話すると、義姉が出てきて、毎回、迷惑そうな応対をされるだけだった。

佐織は父の手紙を握りしめて、銀行へお金の振り込みに行った。

もう限界だった。

気がつけば、三十六歳になっていた。

佐織には、一円の貯金もなかった。家族とも疎遠、恋人もいない。ここ数年、誰とも心を通わせることのない、孤独な日々だった。

――私はいったい何をしてきたのだ。

自分の人生を振り返り啞然《あぜん》とした。先行きに、明かりが見えないのだ。一筋の希望もない。抜け道のないトンネルに入りこんでしまったのだ。

自分は、誰からも愛されず、誰からも必要とされていない。このまま生きて行くことに、いったいなんの意味があるのだろう。

それでも、死ぬこともできないので、ハローワークで就職先を探す日々が続いた。

相変わらず少女の幽霊が天井に現われた。いつも彼女は天井に張り付いていた。彼女は佐織のちょうど上の部屋に母親と二人で住んでいたのだ。パン屋の話では、このアパートの裏庭で何者かに殺されたという。

——早く、成仏してね！

佐織がそう言うと、少女はにっこり微笑《ほほえ》んだ。バター風味のキャンディーのにおいが漂ってきた。

今、佐織が心を通わせているのは、殺された少女だけだった。自分を殺した犯人が死ぬのを、あの世で待っている少女だけ。

今の自分にはいかにもふさわしい気がした。

久々に電話が鳴った。

「さっちゃん、元気？」

荻田百合美《ゆりみ》の声だった。

その声を聞いて、佐織は、思わず「ユリちゃん！」と歓喜の声をあげていた。

百合美は唯一親友と言える人間だった。彼女とだけ、時々連絡を取り合っていたのだ。

百合美は、佐織の実家の近くの商店街に昔あった荻田書店の娘だった。読書好きだった佐織は、小学校の頃、荻田書店へよく足を運んだ。佐織より三歳年下の百合美がよくお店の中をちょろちょろしていたので、仲良しになったのだ。

時代の流れとともにその商店街も様変わりし、今では個人で商いをしているところは殆どなくなった。同じ流れで、荻田書店もなくなってしまった。

百合美も就職に恵まれなかった組なので、お互いに傷口を舐《な》め合う関係だった。

「元気ないの。仕事のうなってしもたし……」

佐織は言った。

「どうしたん？」

「会社、海外に移転するんやって。そやから、派遣社員はいきなり全員クビになってしもてん。今、仕事、探してる最中」

「そうなん。私はまだなんとか首つながってるけど、うっとこの会社の経営状態も、あんまりええことないみたい」

お互いに近況を伝え合った。

次の日曜日、百合美は佐織のアパートへ遊びに来た。

「一昨日《おととい》、さっちゃんのお父さんが入院してはる病院へ行って来たんえ」

「えっ、行ってくれたん?」

「東山区の竹本《たけもと》病院いうとこに入院してはる。すごい痩《や》せて弱ってはったで」

「よう場所、分からはったな?」

「うん。実家の近所のおばちゃんからうまいこと聞き出してん。そこの病院の看護師さんの遠縁にあたる人なん、その人」

「ユリちゃん、わざわざありがとう」

「さっちゃんとこのおじさんにはお世話になったことあるもん」

「えっ、そうやった?」

「さっちゃんの家にチャレンジ教えてもらいに行ったら、休みでおじさんがいはって、ケーキ買ってきてくれはってん。それが、めちゃ美味《おい》しいケーキやった。うち、食べもんの恩は忘れへんのや」

そう言ってから、彼女がアハハと陽気に笑ったので、佐織もつられて笑った。こんなふうに声を出して笑うのは久しぶりのことだった。

そういえば、昔、百合美は、通販教材のチャレンジをやっていた。よく佐織のところに「勉強教えて!」とチャレンジをもって遊びに来ていたのを思い出した。

そういう人なつっこいところが愛嬌《あいきょう》だったのだ。佐織にとっては親友というより、当時は、かわいい妹みたいな存在だった。休み中ごろごろしている父がケーキを買ってきたという記憶は、佐織にはない。父にとっても、百合美はよっぽどかわいかったのだろう。

あの頃のことが無性に懐かしくなった。

「おじさん、あの意地悪女にひどい目に遭《あ》わされてるって噂《うわさ》や。病院へ弁護士連れて行って、家の名義を自分のものにしたらしい。怖くてことわれへんかったんちゃうかな。ぼーっとしてたら、財産、みんなあの女に盗《と》られてしまうえ」

「でも、どうすることもできひんもん」

「さっちゃんが、おじさん、引き取ることできひんの？」

「うちお金がないもん」

「おじさんの年金があるやんかあ。退職金かて相当もろてはるんやろう？」

「あの人が全部握ってるからどうしょうもないの」

「取り戻しぃよ」

「正式な妻なんよ、あの人。どうやって取り戻すんよ」

「人の家にうまいこと入りよるなー」

百合美は悔しそうに言った。

「私が悪いんや。最初に騙《だま》されたんは私なんやから」

「そうやって、すぐ自責の念に駆られんのやめた方がええで。そやから、あんな女につけ込まれるんよ」

百合美は深いため息をついた。

「でも、今からどうすることもできひんもん」

佐織には父を入院させるだけのお金はない。自分の生活もままならないのだ。へたに佐織が父と義母の間に介入すれば、父がひどい目に遭《あ》わされるのは目に見えている。父もそれが怖いから、佐織に病院へ来て欲しくないのだ。

「でも、甘く見られんほうがええよ。あんなふうに家乗っ取ってしまうなんて、えげつない女やわ。近所でも噂になってるもん」

これ以上、義母の話は聞きたくなかった。

佐織は、昔、このアパートで殺された平中ゆみ江という女子中学生の話をした。そういえば、彼女を見かけたのは、荻田書店でだったのだから、百合美もよく知っているはずだ。

「平中ゆみ江さんのことやったらよう覚えてるえ。うちの店によう本と文房具、買いにきてはった。うちが店番してたら、ようキャンディーくれはった」

「チェルシーの？」

「そうそう。チェルシーのバタースカッチや。優しいお姉さんやった」

そうか、店番している百合美と一緒にいたので、佐織ももらったのだ。

「私も一緒に居合わせて、もろたことある。その人のこと、ユリちゃん詳しい？」

「うん、いろいろ噂聞いているけど……なんで今頃になって？　あの人、殺されたんやで。知ってる？」

佐織は黙って頷《うなず》いた。

百合美と情報交換をして、平中ゆみ江の死の真相に近づきたいと佐織は思った。

「実はな、今まで言わへんかったけど、ここ、その人の幽霊がでるねん」

「うそーっ！」

「うそちゃうよ。確かに、あの人や。色の白い綺麗《きれい》な人やったやろう？」

「そう。確か、今からえーと」指を折って計算してから「二十七年前に殺されはったんや」と百合美は言った。

「ずいぶん昔の話やな。このアパート、建て付けがだいぶ悪うなってるはずや」

「でも、なんでここに出るの？」

「ここのアパートに住んではったんやって」

「ひぇーっ、そうやったん。それ知らんかった。そういえば、このへんやったかな殺されはったん。なんていう偶然なん、うち怖い！」

「犯人は捕まったん？」

「同じアパートに住む女の人、確か安伊聖子いう人が容疑者で捕まったんやけど、なんと、それがえん罪やったらしい」

「えん罪？　つまり無実で捕まったってこと？」

えん罪なんて、聞き慣れない言葉の上に、意外な話の展開に佐織は興奮した。

「それを証明したのが、うちのお姉ちゃんの高校の同級生二人。平中ゆみ江さんがこのアパートの裏で倒れているの目撃しはったんやって。すでに死んでいたらしい。その後から、安伊聖子さんが、洗濯物を取り込んでいて、死体を発見してびっくりして二階から下りてきはったんやて。それまで、彼女は、会社の友人と長いこと電話していたから、殺す時間はなかった、いうことでアリバイが成立したらしい」

「アリバイがあるのに、なんで、えん罪でつかまったん？」

「平中さんともめていたらしい。喧嘩して罵《ののし》ったり、学校まで押しかけてきて叩いたりしてるところを目撃した人がいっぱいいて、それで犯人と思われたんやって。長いこと拘置所に勾留《こうりゅう》されてはったみたい」

「なんですぐに無罪にならへんかったん？」

「アリバイを成立させるための目撃証言が遅れたらしい。殺されてから二年後になって、お姉ちゃんと同級生のその二人の高校生が証言したんやって」

「なんでまた？」

「詳しいことはよう分からへんけど……。なんか目撃した二人の女子も中学校の時、平中さんともめてたから、自分らが疑われると思って怖くなって、警察に言わへんかったんやって」

「そんな……」

「安伊聖子さんいう人も気の毒や。無実の罪で勾留されたはったんやから」

「で、真犯人は？」

「それからうやむやになって、真相は分からないまま」

「その目撃した二人が犯人と違うの？」

「その二人、ずいぶん、警察でも調べられたみたいやけど、犯人という証拠は見つからへんかったみたい。疑わしきは罰せず、言う言葉があるやんかあ」

「ほんなら、犯人は捕まってないんや？」

「それからのことは、よう知らん」

「その平中ゆみ江さんの幽霊、犯人が自分の世界へ来るの待ってはるんやって。死の世界へ」

それを聞いた百合美が怯《おび》えた表情をした。

「なんで?」

「うーん、死刑になること願ってるんやろうか」

「怖わー! こんなとこ、早よう引っ越したほうがええで。殺された人の怨念《おんねん》が染みついてるさかいにな。さっちゃんの運命にかて、絶対にええことないし」

百合美はちらっと天井を見てからぶるぶるっと震えた。

だが、天井に張り付いてこちらを見るゆみ江は、穏やかな顔をしている。犯人を恨《うら》んで出てきているようには見えない。会いたくて、待ち遠しいみたいな顔をしていた。

幽霊の心理など、もちろん佐織には分からないが、なにかもっと深い真相があるように思えた。

*

翌日、佐織は、父の入院している病院へ行ってみることにした。

竹本病院は、東山区にあるそこそこ大きい病院だが、年寄りが入院すると帰ってくることはないと言われているあまり評判のよくない病院だった。

面会受付で父の名前を告げて、病室だけ確認すると、名前を書くところには記入せず、そのまま父の部屋まで行った。

父は、十人部屋に入院していた。部屋に父の名前を見つけた瞬間、涙が出そうになった。中をのぞいてみると、ベッドに縛り付けられている老人がいたので、足が縮み上がった。サラリーマンとしてそこそこ活躍し、役職にまで就いた父がこんな劣悪な環境の大部屋で孤独に病気と闘っていることが哀れに思えた。これだけでも、義母が父のことをどんなふうに扱っているのか予想がついた。だが、佐織の仕送りだけでは、差額ベッド代は払えないから文句は言えない。

真ん中のカーテンの中に入ってみると、父が眠っていた。ベッドに縛り付けられてはいなかったが、別人みたいに痩《や》せこけ、衰弱している。

「お父さん！」

呼んでみたが軽くいびきをかいている父は目を覚まそうとはしなかった。しばらく椅子《いす》に腰かけて父のことを見つめていた。

このまま父をここから連れ出したい心境に駆られた。二人でどこかへ行ってしまいたい。綺麗な景色を見ながら、二人であの世へ行ってしまいたい。

カーテンが開き、看護師が血圧計を持って現われた。

「杉田さーん、血圧測りに来ました」

看護師の声に、父は目を覚ました。佐織と視線があった。父は目を大きく見開いて、しばらく佐織を見つめていたが頰《ほお》に涙が伝ってきた。

看護師は無愛想な顔で、父の血圧と体温を測ると、さっさと出て行った。

佐織は、父の手を握りしめた。

「佐織、佐織、よう来てくれた。元気にしてるか？　ここ、よう分かったな？」

「荻田百合美ちゃんに教えてもろたん」

「ああ、荻田書店の子か。見舞いにきてくれた。おまえ、なんかやつれたんとちがうか？」

「そんなことない。心配せんといて、元気でやってるし」

「そうか。すまんな、すまんな」

「なにあやまってんの。やつれたん、お父さんの方やん！」

それでも、父は何度も、すまんなを繰り返した。こんな父を見るのは初めてだった。昔の父は、家では、むっつりとして口をきくことがなかった。態度もどちらかというと尊大で、母は、父が家にいる時はいつも気を遣っていた。それだけによけいに哀れに思えた。

「あの人は？　父が毎日来てるの？」

「ああ、来てくれる」

「ようしてくれてはるんか？」

父はちょっとの間、口をきかなかったが「ああ、ようしてくれる」と低い声で言った。

「さっ、もう帰り。私のことはええさかいに、佐織。おまえはしっかり生きよ」

おまえだけでもしっかり生きよ、と聞こえたような気がした。

佐織は父を抱きしめた。ずっとそうしていたかったが、父の方が佐織の肩を持って、

「さあ、行き」と言って体を押しのけた。

病院を出てから、祇園界隈《ぎおんかいわい》をしばらく当てもなく歩いていたが、桜の季節なので、八坂《やさか》神社へ行ってみた。しばらく円山《まるやま》公園の巨大なしだれ桜に見とれていたが、この木も、自分の子どもの頃にくらべたらずいぶん年を取ったなと、時の流れを感じた。

ねねの道を歩いて、高台寺《こうだいじ》を通り過ぎ、清水寺《きよみずでら》まで歩いてみた。

お寺へたどり着くまでの道には、多くの土産物屋《みやげ》が並んでいる。ウィンドウ越しに、扇子《せんす》を見ていて、ふと、中にいる店員の顔に見覚えがあるのに気づいた。

あれは西川哲哉《にしかわてつや》だ。

「西川君……」

小さな声でつぶやいた。だが、彼がこんなところにいるはずはない。優等生だった彼は、

東京のK大学を出て、一流銀行に就職したと風の噂できいている。佐織には遠い遠い存在だと思っていた。

そういえば、彼の父親が清水寺の参道で土産物屋をやっているというのをきいたことがある。佐織はもう一度、じっと彼のことを見つめた。頭を下げて、お客の差し出す小物を包装している彼を見て、佐織は自分の思い描いていたあの西川君と違うのに驚いた。背広を着て、銀行マンとしてバリバリ働く彼をずっと佐織はイメージしていたのだ。

――こんなところでお土産物屋さんをしている西川君って……。

そう心の中でつぶやいてから、佐織はひとりでに笑みがこぼれ落ちている自分に気づいた。なんだか彼が、身近な存在になったような気がしたのだ。

佐織はガラス越しにずっと彼のようすを見ていた。バイトの女の子と一緒に、客の対応に追われている彼の中に小学校時代の面影を見いだした。

「西川君。やっぱり西川君や」

佐織は独りごちた。西川君とは小学校五、六年で同じクラスだった。

体が弱くて、消極的だった佐織は、休み時間、いつも教室で一人読書していた。そんな佐織に唯一、声をかけてくれたのが西川君だった。

そう、あれは、秋の風の心地よい日だった。休み時間に武者小路《むしゃのこうじ》実篤《さねあつ》の「愛と死」を読んでいる佐織に、「面白い？」と誰かが聞いたのだ。顔をあげると、西川君が目の前にいたから佐織はびっくりした。いつもクラスの中心で活発な彼が自分に話しかけるなど夢にも思っていなかったのだ。彼にとって、自分などいるかいないか分からない存在だと思っていた。

「かなしい。泣いてしまうえ」

愛する女性が死んだ知らせを聞いて主人公が悲嘆にくれているシーンを読んでいたので、つい目頭が熱くなった。

「そんなんで泣けるんかあ。泣き虫なんやな」

そう言って彼は笑った。からかっている風を装っているが、声の響きがとても優しかった。

それからしばらくして「愛と死」を西川君が、荻田書店で買っていたことを知った。その時、店番をしていた、百合美が教えてくれたのだ。

佐織が読んでいると知って、早速、彼も買って読んでいたのだ。同じ物語を心の中に共有している、そう思うと、胸にじんわりと熱いものが広がった。

休み時間に教室で本を読んでいると、西川君が時々、窓際にある佐織の机の前までくることがあった。彼は多くを話さなかったが、窓に肘《ひじ》をついて校庭で遊んでいる級友の姿を観察していた。あの時、確かに互いの存在を意識していたし、心が繫《つな》がっているのを感じた。それからというもの、佐織は、西川君が自分を見守ってくれているのが雰囲気で分かった。淡い初恋の記憶が佐織の心をいやした。

あの西川君が京都に帰ってきていたのだ。

声をかけようかと思ったが、また、別の暗い記憶が蘇ってきた。

バレンタインデーのチョコレートだ。佐織は、小学六年の終わりに、西川君のためにバレンタインデーのチョコレートを作ったのだ。生まれて初めての経験だった。

私の気持ちがいっぱいこもったチョコレートです。
いつも私のことを見守ってくれているあなたが好きです。
卒業してからもずっとずっとそばにいてね。
Ｈａｐｐｙ Ｖａｌｅｎｔｉｎｅ
佐織

自分でもちょっと恥ずかしくなるような文面だった。だが、本当に心を込めて作ったハート形の手作りチョコレートだったのだ。西川君がこれを食べてくれると思うだけで、心がうきうきした。

ところが運悪く、バレンタインデーの数日前から風邪をひいて寝込んでしまった。それで、代わりに百合美にチョコレートを渡してもらうことにした。

数日後、学校へ行ってみたが、彼は何も言わなかった。美味《おい》しかったはおろか食べたという一言もなかった。

あんなあつ苦しい文面を書いた自分と距離を置きたくなったのだ。恥ずかしさのあまり顔がかっと熱くなり、その日一日何も考えられなくなった。

ホワイトデーに彼は他の女子にお返ししているのに、佐織には何も返してくれなかった。百合美に訊《き》いてみると、確かにチョコレートは西川君に渡したと言う。

自分は振られたのだ。失恋というのは小説でしか知らなかった。他人事《ひとごと》みたいに読んでいたことが自分に起こったのだ。どんなに話にのめり込んで読んでも、それは現実とは全く違うということを身をもって体験した。

実際に経験すると、それは心を火で炙《あぶ》られてもまだ足りないほどの痛みだった。佐織は、ホワイトデーの夜、一晩中泣いた。今、思い出しても苦い記憶だった。あれ以来、バレンタインデーにチョコレートを誰かにあげるということをしなくなった。

もう二十四年も前のことだというのに、心の奥底にある痛みがまた疼《うず》いた。

いけない。ただでさえ辛いのに、あんな悲しいことを思い出してしまうなんて。佐織はさっさと土産物屋から立ち去り、清水寺の方へ歩いて行った。

久しぶりに清水の舞台に立ってみると気分が一変した。満開の桜にかこまれて京都の風景をこんな高い舞台から見るのはなんて爽快《そうかい》なのだ。自分がこの舞台の主人公になったような気分だった。父のことを思い出した。元気になったら、ここへ連れてきてあげたい。父と一緒にここへ立ちたい。

突然、風が吹いてきた。桜の花びらが舞う。

佐織は「あっ」と、叫んだ。風が人間の体になって、佐織のところへ接近してきたのだ。両手を広げている。それは平中ゆみ江の姿をしていた。彼女に抱きしめられる感触があった。

佐織は、何か温かいものに慰められたような気がした。

——憧れの綺麗なお姉さん。あなたはいったい誰を待っているのですか?

「愛する人」

微《かす》かにそう聞こえた。佐織は自分の耳を疑った。好きな人を待っていると言うのか。憎い人が死ぬのを待っているのではないのか。

——早く、会えるといいですね。

佐織は、風になった平中ゆみ江に何度も抱きしめられるのを感じた。

帰宅してみると、郵便受けに四角い封筒が入っていた。それは、小学校の同窓会の案内状だった。

なんというタイミングだろう。一瞬、西川君の顔が浮かんだ。

佐織は同窓会の案内に目を通した。渡月橋の料亭で食事をして、その後二次会で鵜飼いを見学するというコースになっていた。会費一万円。

心惹かれる気持ちはあるが、やはり行く気になれなかった。失職したばかりで、着て行く服もない自分がそんなところへ行っても惨《みじ》めなだけだ。会費一万円というのも、今の自分が払うには大きな負担だ。もうすぐ失業保険が入ってくるが、それは来月早々、義母の口座に振り込まなくてはいけない。今、手元に残っている現金は数千円だ。

それから数日間、無気力感に襲われ、仕事を探すこともなく家でごろごろしていた。

百合美から電話がかかってきた。

「仕事見つかった?」

「ううん。見つからへん」

見つける元気すらなくなっていることは説明しなかった。そこまで百合美に心配はかけたくないし、プライドもあった。

「家にこもりっぱなしなん？」

「ここのところ」

「あかんえ。無理してでも外の空気吸わな。おじさんのお見舞い行ったん？」

「この間、行ってきた。それから気分転換に清水寺まで行った」

「おじさん元気にしてはった？」

「うん。義母が頼りみたいやから、あんまし行かん方がええみたい」

「あんな鬼ババアに譲ったらあかん。おじさんが可哀想や」

「父も望んでいることや。私が行ったんが義母にバレたらややこしいみたい」

「そんな弱気でどうすんの。負けたらあかんえ、あんな女に」

義母のことは考えたくなかった。佐織は話題を変えたくなった。

「そういえば、小学校の同窓会の案内状がきた」

「それええやんか。気分転換に行きいよ。昔の仲間と会ったら、明るい気持ちになるって」

会費が払えない。心の中で佐織はつぶやいた。

「清水寺へ行く途中のお土産物屋さんで、西川哲哉君をみかけたの。彼、京都に帰ってきてるんや」

「西川哲哉君？」

百合美は覚えていないのだ。西川君のことを。

「昔、バレンタインデーのチョコレートをあげた私の初恋の人や。私、風邪ひいてたから、代わりにユリちゃんが渡してくれたやろう」

「あっ……」

それきり、百合美は黙った。しばらく沈黙があってから、彼女は続けた。

「声かけた？」

「ううん。そんな勇気あらへん。私、振られたんやもん」

そう佐織が言うと、百合美はなぜかしくしく泣き出した。ここでなぜ、百合美が泣くのだ。泣きたい気分なのは佐織の方なのに。まるで自分のことみたいに百合美は泣き続けた。

「ごめんな、ごめんな」

彼女は泣きながら何度も謝った。

「どうしたん？」

「チョコレート渡したん私やし。その責任……」

「何言うてんの。ユリちゃんにはお世話になった。ありがとう」

また、しばらくの沈黙があり、百合美の嗚咽《おえつ》が聞こえてきた。受話器の向こうの百合美の気持ちは分からないが、佐織まで泣きそうになった。

「さっちゃん、西川君に会いに同窓会へ行き、な、な、絶対に行きや」

「そんな気分になれへんの、今の私」

「彼、『愛と死』を読んでいたんよ。さっちゃんのこと好きやったからやんかあ。今もきっと忘れてはらへんって」

「ありがとう、ユリちゃん」

百合美の優しさが身にしみた。ありがとう、慰めてくれて。こんな優しい友人がいるだけでも、自分は恵まれているではないか。三十六年間生きてきてよかった、そう思えた。

今度、一緒に食事に行こうと、百合美と約束した。

佐織は、それから数日間、ずっと考えた。同窓会へ行こうか行くまいか、と。義母に罵《ののし》られる覚悟をすれば、行けないことはない。

だが、やはりそこに自分の居場所はないと思った。失業保険のお金で同窓会へ行くなんて、あまりにも不謹慎だ。

財布に残っているお金が千円を切った。食べ物はすぐ近所のコンビニで買う日々だった。コンビニだと割高だが、近所のスーパーは二キロ以上遠くにあり、そこまで歩いて行く体力がなかった。

風邪を引いたのか、体がだるく熱っぽい。

佐織は一日中布団の中で過ごした。こうして一人で寝ていると、ふと、自分が生きているのか死んでいるのか分からなくなった。

時々、布団からはい出して、パンやスナック菓子を食べた。

炊飯器には最後に炊いたご飯が茶碗一杯分残っているだけだった。財布の中身を見ると、三百円が残っていた。だが、コンビニまで何かを買いに行く気力はなかった。

ぼんやり布団の中にいると、また、殺された少女、平中ゆみ江の幽霊が現われた。

美しい人、憧れのお姉さん。佐織は恍惚《こうこつ》となった。

荻田書店で初めて見かけた時、どきどきした。あの時の気持ちと一緒にチェルシーバタースカッチの香りが蘇ってきた。

ゆみ江がにっこり微笑《ほほえ》んだ。佐織はその笑顔に引き込まれそうになった。

佐織は自分が今の現実になんの執着もないことに気づいた。こんな現実は自分の方から断ち切ってもいいではないか。そうだ、そうするべきだ。いや、そうしたいのだ。

――お姉さん、私、お姉さんの元へ行きたい。私でよかったら連れて行ってください。

私は、もう充分に生きました。現世に未練はありません。

彼女は再び、にっこり微笑んだ。キャラメルの香りが佐織の鼻孔をくすぐった。なんて心地いいのだ。

——お姉さん、どうかそっちの世界へ連れて行ってください！

佐織の憧れのお姉さんが、両手を広げると、天井から下りてきて、佐織の体をしっかりと包み込んでくれた。

充足感が広がったかと思うと、佐織はふんわりと宙に浮かんだ。

償い

へアーサロンナナコに入ってきた客の顔を見て、私は自然と肩に力が入った。

特に口うるさい客ではないが、金持ちの奥様然とした態度に気圧《けお》されて、どうしても神経を遣《つか》ってしまうのだ。

「いらっしゃいませ！」

幸か不幸か、店は空いていたので待ってもらうこともなく、まずシャンプー台についてもらった。高級な香水のにおいが肌から広がる。

私がついつい気を遣ってしまうこの客は、高校の時同じクラスだったこともある葉神里《はがみり》香《か》だった。彼女は同じく同級生だった中原瞬《なかはらしゅん》と結婚し、今では、中原姓になっている。

高校時代、里香と中原はすでにつきあっていたので、二人の結婚は、周囲の人間にとっては別段意外ではなかったようだ。

私は、里香にまつわる黒い噂を知っていただけに、中原は彼女と結婚するのになんのためらいもないのか、と少し首をかしげた。だが、よく考えてみれば、〝あの事件〟について私が他の人より詳しいのは、当時、ほんの数ヶ月間、私たちのクラスに転校してきた真田清《だきよし》、いや、実名は杉村雄一《すぎむらゆういち》、と私がひょんなきっかけから特別な交流を持ったからだった。

みんなはあの事件のことをよく知らないか、すでに忘れてしまっているのだろう。

中原瞬は、京都市内の某国立大学へ行き、今では大手企業のサラリーマンになっていた。高校時代、彼は私の憧れの人でもあった。だが、消極的で成績もぱっとしない私とではどう考えても釣り合いのとれる相手ではない。その点、里香は、私とは違い、優等生の上に目がぱっちりしていて可愛い系の雰囲気の持ち主。当時から二人は似合いのカップルだった。

高校を卒業してから、私は美容師の専門学校へ行き、そこで知り合った今の夫と、ここ、ヘアーサロンナナコを営んでいる。私の名前をとってサロンをナナコと名付けてくれたのは夫だった。

小さいながらも、念願かなって自分たちの店を持てた時は本当にうれしかった。

その店の客として初めて里香が来たのが二年前だった。私は見てすぐに葉神里香だと気づいたが、向こうは、私に全く気づかないようすだった。彼女は普段はナナコのような庶民的な店ではなく、もっと高級な美容サロンに行っているらしい。あくまで時間のない時、カットとセットにだけここを利用しているのだ。

たまに来る里香は、私に対して一定の距離を置き、こちらからお愛想で世間話をしてみても、いっさい応じようとはしなかった。

里香の素《そ》っ気《け》ない態度を見ていると、私が同じクラスだったことを、いや、あのクラスに私が存在していたことすら覚えていないようだった。

あの頃の私はクラスでは影の薄い存在だった。映画で言えば、中原瞬と葉神里香がヒーロー、ヒロインだとしたら、私は、せいぜい脇役かエキストラ、通行人A、Bくらいの位置づけになっただろう。

里香には私の娘と同い年の息子がいるようだが殆《ほとん》ど見かけたことはない。北区にある有名私立小学校からエスカレーター式にそのまま中学へ通っているらしい。

私の息子と娘は二人とも、保育園から地域の公立小学校、中学校へ通わせているので、彼女とは子ども絡みでの接点もなかった。

エルメスのバッグにシャネルのスーツを着ているので、今日は、恐らく参観日か保護者会なのだろうと、私は想像した。

高級感漂う美麗な奥様という言葉がぴったり。道で見かけても、私などには近寄りがたい存在だった。

そういう人の髪に触れるのには、ちょっとした緊張感が伴う。

私は、里香の顔にガーゼをかけて椅子《いす》を倒すと、シャワーで髪を洗った。シャンプーをつけて、指先で髪と地肌を優しくこすりながら泡立てていく。

「かゆいところはないですか」

「ないです」

ガーゼのせいで、表情は分からない。

カットは夫がすることになっていた。そして、最後にブローで仕上げるのが私の役目だ。セットし終わって、後ろと横を鏡で確認してもらう。彼女は私と同い年だから、もう四十代のはずなのに若く見えるし、高校時代よりもずっと洗練されて美しくなっていた。

「どうも、ありがとうございました！」

頭を下げてから、店を出て行く里香の後ろ姿を見送る。今時、彼女みたいにブランド品を身にまとって優雅に専業主婦ができるのはごく限られた人間だ。

私は、里香のことが羨《うらや》ましくなり、通りを歩く彼女の後ろ姿が自分の視界から消えるまでの数秒間見つめていた。

ああやって、堂々とした彼女を見ていると、あの事件の関係者であったことが嘘のようだ。一部の人間の間で事件のことは囁《ささや》かれたが、人の噂も七十五日とはよく言ったものだ。

その日の夜、お店を閉めて掃除していると、妹の百合美《ゆりみ》が突然やってきた。閉店後、夫はいつものように若い従業員と打ち合わせをしているので、二階の住居の方に来てもらうことにした。

中学生の息子も娘も部活に明け暮れているので、帰ってくるのが遅い。

冷房をつけて、お茶を入れてから、二人でちゃぶ台に向かい合った。

妹は、ずっと派遣社員として、会社を転々としながら働いているのだが、今勤めている会社の経営状態が危ないらしく、最近ちょくちょく相談にやってくるようになった。こんな時代なので、失職したら次がないかもしれない、と泣きつかれているのだ。もし、失業したら、お店を手伝ってもらおうと考えていたので、てっきりその話かと思った。

「仕事どうなったん？」

「そんなことより、佐織《さおり》ちゃんが亡くならはってん！」

百合美は、目に涙をいっぱいためている。

「佐織ちゃん？」

「覚えてへんの？　よう、うちに本を買いに来てくれた杉田《すぎた》佐織ちゃん」

――杉田佐織……。

思い出した。私の両親は、昔、近所の商店街で、荻田《おぎた》書店という小さな本屋を営んでいた。杉田佐織は小学校の頃、荻田書店の常連だったのだ。読書家で理知的な少女だった。彼女のことを思い出すと同時に、軽い罪悪感に胸が疼《うず》いた。

高校時代、私は、八歳も年下の百合美とムキになってよくたたき合いの喧嘩をした。そんな私に比べて、佐織は妹の百合美に対して、いつも冷静で優しいお姉さんみたいに振る舞う子だった。母親からは、いかにも利口な佐織となにかと比較され、私は自分の立場を失い、ふて腐《くさ》れていたことがある。今思えば、高校生にもなって、小さい妹をいじめる自分の狭量《きょうりょう》が恥ずかしいのだが、あの時は、佐織のことがただひたすら憎らしかった。それで、ちょっとしたいたずらをしたことがあるのを、その名前を聞くたびに思い出し、罪の意識に苛《さいな》まれるのだ。

あの佐織が死んだと言うのか。確か、私より五歳年下なので、まだ、三十代のはずだ。

「どうしはったん？　まさか自殺とちがうよね」

昨今のことなので、そんな不吉なことがふと頭をよぎった。

「ちがうけど、それに近いの。うちのせいや。うちが悪いんや。もっと親切にしてあげたらよかった。すごくお金に困ってはってん。食べるもんにも不自由してたらしい。そこまでは、うちも知らんかった」

そう言うなり、百合美はわんわん泣き出した。

百合美の話によると、杉田佐織は死ぬ直前、失業保険で生活していた。経済的に困窮していた彼女は、充分な栄養がとれないまま、風邪をこじらせて死んでしまったと言うのだ。

「なんで家族に助けてもらわへんかったん？　今は、家族同士で助け合う時代やろう？」

そう口にしてから、そういえば彼女の両親は離婚し、父親が再婚したこと、その再婚相手がよくない人だということを思い出した。

あの杉田佐織がそんなことになるなんて……。当時の彼女のことをいくら思い浮かべても、そんな悲しい運命をたどる人であるとはイメージできない。

読書好きの優等生。確か、父親は名のある会社のサラリーマンだったはずだ。

小さな本屋をやっている私の家から見ると、どちらかというと、いいところのお嬢さんのイメージだった。少なくともサラリーマンであれば、定収入があるので、終身雇用で安定した生活が送れた時代だ。

「あの真面目で利口な佐織ちゃんがそんな死に方するなんて……。ひどい世の中や」

杉田佐織は、葉神里香ほど贅沢《ぜいたく》でなくても、今頃、普通に結婚し、二児か三児の母親になっているものと思っていた。私の中では、彼女は専業主婦、もしくは子どもの塾代を稼ぐためにパートで働く程度に豊かな主婦が似合っている人だ。

時代の変化はなんと残酷なのだろう。一寸先は闇。真面目に生きている人間にも巡ってくる暗黒がごく身近に迫っているのを肌で感じて、私はぞっとした。

「お姉ちゃんかて悪いんや！」

百合美が目をつり上げて私の方を見て言った。また、その話か。そのことだったら、もう何度も聞かされている。私が佐織にしたちょっとしたいたずらのことで、百合美はいまだに、私を責めるのだ。

「私が佐織ちゃんから預かった、バレンタインのチョコレートの中に入ってた手紙をすり替えたやろう、お姉ちゃん。ひどいわ、ひどいわ！　彼女の初恋の人やったんやで、西川《にしかわ》哲哉《てつや》君は。彼女、初恋の人のために一大決心してチョコレートを作ったのに、ありがとうの返事もないから、振られたと勘違いしてものすごく傷つかはったんえ」

高校生の頃のことだった。家に帰ってみると、妹の机の上にバレンタインのチョコレートの入った紙袋が置いてあった。私は自分もあげたい人がいたのに、その思いがかなわなかったばかりだった。

小学三年生の妹がずいぶん立派なチョコレートを作ったのを見て、なんて生意気なのだ、小学生のクセして、とむかっ腹を立てたのだ。

ところが、よくよく中を確認してみると、それは百合美が作ったものではなく、杉田佐織が西川哲哉のために作ったチョコレートだった。それにも私は、激しく嫉妬《しっと》した。当時まだ小学六年生だった佐織のことが私は気にくわなかった。優等生面《づら》している彼女のせいで、自分の立場が貶《おとし》められていると感じて、常々憎らしいと思っていたのだ。

そこで、私は、そのチョコレートの中の手紙をすり替えて、あたかも百合美が西川哲哉のために作ったように細工した。軽い冗談のつもりだった。

「そのことやったら何度も謝ったやないの、ユリちゃん。ちょっとした冗談のつもりやったの」

「冗談ですまへんの。お姉ちゃんのせいで二人は結ばれへんかったんやもん。結ばれるはずの二人が、やで。好き同士やったのに。きっと絶望して生きる気力が無くなってしまわはったんよ」

「ちょっと待って。それ、佐織ちゃんの死とどう関係があるの？　もう昔のことやないの」

「彼女が亡くなるちょっと前に、同窓会の案内状が届いてたんよ。その同窓会に西川君も来ることになってたのに、彼女、行く気にならへんかったの。昔、振られたと思いこんでたから」

「そ、そんな……。そんなこと今頃言われても」

私は自分が軽い気持ちでやったことが人を深く傷つけたことに、改めて胸をつかれた。それが、今になってもまだ尾を引いているなんて、夢にも思わなかったことだ。

生きていると無意識のうちに誰かを傷つけることがある。傷つけたり傷つけられたり、生きるというのはそういうことだと常々自分に言い聞かせてきた。

だが、あれは無意識などではない。いたずらにしても、邪悪だった。私は、杉田佐織に申し訳なくていたたまれなくなった。

「でも、ユリちゃん、それ知ってたら、なんで誤解といてあげへんかったん？　私が手紙すり替えたって話、してあげへんかったの？」

「そ、それは」

妹もバツの悪そうな顔をした。

「まだ、小学三年生やったんよ、私。悪いと思ったけど、何もよう言われへんかったの」

「子どもの頃はそうかもしれへんけど、大人になってからやったら言えたやろうな」

「何年もたってから、実はあの時お姉ちゃんがいたずらして……なんて言えへんよ。もう過去のことやと思ってたし。まさか、東京へ行ってしもた西川君が京都に戻ってきてるやなんて思わへんかったんやもん」

「それかって、あかへんで」

「そやから私もすごく反省してる。罪滅ぼしに、佐織ちゃんの代わりに小学校の同窓会へ行って、西川君に会ってきたん。謝りたくて」

「そうかあ、それはええことしてあげたなあ。いつ、亡くならはったん？」

「はっきりした日、分からへんの。亡くなってだいぶたってから死んではるの見つかったから」

「あんまりやな。寂しすぎる……」

「そう、寂しすぎるの」百合美はしくしく泣き続けながら言った。

しばらく、二階の窓から私は外を眺めた。こうやって、ちゃんとご飯が食べられて、冷房のきいた部屋でゆっくりできる自分はなんと贅沢《ぜいたく》なのだろう。すると泣きやんだ百合美がまた言い出した。

「それだけと違うねん。まだあるの」

もうこれ以上悲しい話はききたくないな、と思った。すると私の思いを察したかのように百合美は言った。

「悲しい話とちがって、怖い話が」

「怖い話？」

「お姉ちゃん、平中ゆみ江さんって覚えてる？　今から二十七年前に殺された人」

その名前を聞いて、私はあっと叫びそうになった。杉田佐織に続いて平中ゆみ江の話なのか。まさか、今頃になって百合美の口からあの事件の被害者の名前を聞くとは思わなかった。

覚えているも何も、私にとっては忘れることのできない事件だ。ついさっき、店に来た葉神里香は、その事件と関わり合いのある人なのだ。皮肉なことに、彼女が店に来るたびに、私はその事件のことを思い出すのだった。

「佐織ちゃんが住んでたアパート、平中さんが殺されたアパートやったの。彼女の幽霊が出てくるって佐織ちゃん言うてた」

「幽霊？　嘘う。幻覚かなんかと違うの」

「いや、間違いなく幽霊やって。『私、昔、殺されたの』って言うてアパートの天井に現われはるんやって。それが平中ゆみ江さんやったらしい。自分を殺した人がこっちの世界へ来るの待ってるの、て言いはるんやって。その人は生きていても可哀想な人やからって」

百合美の声は震えている。その話を聞いて、私の背筋もぞくぞくしてきた。

「でも……それと佐織ちゃんの死と、どう関係があるん？　まさか彼女が平中さんを殺したんと違うやろう?」

そんなことはあり得ないと思いながらも口にしていた。彼女が殺された時、佐織はまだ九歳くらいだったのだ。殺す動機がないし、第一体力的に無理だ。

「なんで、平中さんの殺されたアパートに佐織ちゃんが住んでたん?」

「お義母《かあ》さんとうまくいかへんから家を出て、偶然、引っ越したアパートがそこやったらしい。知らんと引っ越して、幽霊の顔を見て、平中さんのこと思い出したんやって。それで近所の人にきいたら、そのアパートの裏庭で殺されはったって言うんでびっくりしたって。そやからほんまもんの幽霊や。佐織ちゃん彼女の怨念《おんねん》に引きずられてあっちの世界へ行ってしもたんかもしれへん」

「風邪をこじらせはったんと違うの?」

私は幽霊の怨念などという非現実的な話は信じたくなかった。

「佐織ちゃんの死期が分かってて、出てきはったんかも。『愛する人を待ってるの』って言うてはったらしい」

愛する人、というのはよく分からない話だ。だが、存在そのものが疑わしい幽霊の言うことをいちいちまともに考えても仕方がない。

「私と佐織ちゃんにとっては、平中さんは憧れのお姉さんやったの。そやから、きっと、佐織ちゃんのことお迎えにきはったんやわ」

「怖いこと言わんといてよ。あの犯人、結局、捕まってへんのに」

平中ゆみ江は、自分のアパートの裏庭で死んでいた。庭の石に頭を何度もぶつけられた痕跡《こんせき》があったため、犯人にははっきりとした殺意があることが立証された。

だが、平中ゆみ江を殺した犯人は結局、捕まっていない。

「えん罪事件もあったよね。無実の罪で勾留《こうりゅう》されてはった人がいるって、お姉ちゃん言うてたね」それにも私は深く関わっていた。

「確か、お姉ちゃんの高校の同級生の目撃証言で、無実が証明されて、その人、釈放されたんやったよね」

その目撃証言をした人物というのが、葉神里香と、隣のクラスの田中希恵子《たなかきえこ》だった。

証言が事件から二年後と遅れたのは、田中希恵子が平中ゆみ江をいじめていたからだった。

二人は、ゆみ江が殺された現場にいたのだが、自分たちが犯人と疑われることを恐れ、同じクラスの南亜子《みなみあこ》の家にいたと証言した。亜子も当時はそれを認めた。だが、二年後になって、南亜子は自分が嘘の証言をしたと警察に通報した。それによって、里香と希恵子は警察に尋問され、実際には、ゆみ江のアパートの裏庭に行き、彼女の死体を目撃していたことを白状したのだ。

「お姉ちゃん、なんでそんなに詳しいの？」

私が事件に詳しいのは、偶然事件の当事者と関わり合いになったからだった。

ごく平凡な高校生だった私が、ほんの数ヶ月だけ迷い込んだ謎に満ちあふれた世界に私は思いを馳《は》せた。どこを切っても金太郎飴《あめ》みたいに変化のない平凡な人生を歩んできた私には、それは簡単には語れない、異次元世界なのだ。

目撃した二人、特に田中希恵子は、平中ゆみ江が殺された当時、彼女に金をせびるなどしていじめていた。自分たちが疑われるのが怖くて、アパートへ行った事実を隠していたのだと言う。主犯格はあくまで田中希恵子だったが、それでも、あの天真爛漫《てんしんらんまん》で優等生の葉神里香がいじめに荷担《かたん》していたという事実は、私にとっては衝撃的だった。

その証言のおかげで、えん罪で警察に勾留されていた安伊聖子《やすいせいこ》が、平中ゆみ江を殺すのは時間的に不可能ということになり、彼女のアリバイが成立した。

二年間の苦しい拘置所での生活から解放された安伊聖子がその後、どうなったのか、真犯人はいったい誰なのかは、結局、分からないまま、事件はみんなから忘れ去られた。

「佐織ちゃん、その幽霊見て、なんで平中ゆみ江さんやってすぐに分かったん？　憧れの人って、ユリちゃん、どういうこと？」

杉田佐織と平中ゆみ江にいったいどういう接点があると言うのだ。

「平中さん時々、うちの店に来てはったん。お姉ちゃん、覚えてへんの？」

そういえばそうだったかもしれない。あの頃、近所の人は文具や本を買うのに、荻田書店をみんな利用していた。

「うちが店番している時、よう、キャンディーくれた、優しいお姉さんやったん。そんな人がなんで殺されなあかんかったんやろう。佐織ちゃんも可哀想やけど、平中さんも、浮かばれへん。そやから、幽霊になって出てきはったんや」

なんということだろう。二十七年前に殺された平中ゆみ江のアパートに偶然杉田佐織が引っ越して、そこで彼女の幽霊と遭遇した。佐織は、ゆみ江に誘われるようにして、死の世界へ行ってしまった、と言うのか。

百合美の話を聞いて、私はまた、非日常的な世界に自分が迷い込んだ不安に、足下が崩れそうになった。

私はその日の夜、寝る前に二人のために、何度も合掌《がっしょう》した。

＊

それからちょうど三年後の二〇一三年一月、私は、杉村雄一と偶然、再会することになった。彼が私たちのクラスに転校してきたのが、確か、一九八五年だから、約二十八年ぶりの再会だった。

その日、珍しく見慣れない女性客が店を訪れた。ヘアーサロンナナコの客は、近所に住む人が殆《ほとん》どなので、たいていが顔見知りなのだ。つい先頃、女性のための生活情報誌にナナコの広告を小さく掲載したので、恐らくそれを見た客だろう。

女性客は、カットとブローを希望した。

会計をすませてから、その女性客を見送った時、入り口のガラスドア越しに知った顔を見つけて、私は驚いた。

表に立っていたのは、忘れもしない杉村雄一だったのだ。その女性客となにやら話している。彼女の髪のセットが終わった頃を見計らって迎えに来たようだ。

私は思わず「あっ」と言って、店を飛び出した。私の顔を見た彼も、私のことを覚えていて「あっ、あの時の、えーと、本屋さん……」と言ってから私の名前を必死で思い出そうとしている。お互いに、もう中年にさしかかっているのに、すぐに誰なのか気づいたのだ。彼は、相変わらずの童顔だった。

「荻田奈々子です。高校生の時、ほんの数ヶ月だけ同じクラスでしたね」

私の声はあの時と同様、緊張でうわずっていた。まさか、こんなにたってから彼に再会するとは思わなかったのだ。杉村雄一は、女の方を見て言った。

「奈々子さん。ああ、だから、ヘアサロンナナコなのか。彼女だよ、聖子、君が拘置所から僕に送った手紙を拾ってくれた人、ほら。高校生の……」

「ああ、あなただったのですか。まあ、恥ずかしい」

女性客は、少し顔を赤らめた。

「では、あなたが」

えん罪で拘置所にいた安伊聖子さんですか、と思わず聞きそうになった。彼女は、私の問いを察して、「そうです、私が安伊聖子です」と言った。率直な声の響きに好感が持てた。杉村が私のことを彼女に話していたのは意外だった。なんだか、私まで恥ずかしくなってきた。

高校二年の秋、杉村雄一は突然、私たちのクラスに転校してきた。彼が教室に落とした手紙を偶然、私が拾ったことから、一時だけ彼と親密になったのだ。

手紙の内容を読んで、それが彼に宛てた安伊聖子からのラブレターだということを知った私は、なんの心の準備もなく、複雑な大人の世界に突然引きずり込まれたのだ。高校生だった私には拘置所から送られてきた手紙と言うだけで、恐ろしいもののように感じられた。しかもそれがラブレターだったから、よけいに混乱したのだ。

拘置所からのラブレター、そう言葉にするだけで、当時の私は、馴染《なじ》みのない世界に迷い込んでしまった不安に襲われた。

宛先の住所に手紙を届けに行って、雄一とかち合ってしまった。数日後無実の罪で勾留されている聖子の話を彼から聞かされたのだ。

それから、数ヶ月後、杉村雄一は転校してしまった。こうして彼が安伊聖子と一緒にいるということは、あれから、二人は結ばれたのだ。二人の間にはとても親密で幸せそうな空気が流れている。

百合美から杉田佐織の死のニュースを聞いた時は、真面目に生きている人間が報われない世を儚《はかな》んだのだが、こうして報われた人たちもいる、ということに救われる思いだった。

真の愛をつかんで、私たちが結ばれる夢に浸《ひた》っていれば、なにも怖いものはありません。

あの熱烈なラブレターの最後の文面が不意に私の脳裏に蘇《よみがえ》ってきた。

「あの……お二人は、ご結婚を？」

「ええ。彼女が釈放されてすぐに結婚しました」雄一が答えた。

私は幸せそうに微笑《ほほえ》む二人の顔を見つめながら思った。真の愛をつかんで、結ばれたのだ、この二人は、と。胸が熱くなった。

「おめでとうございます」

私は聖子に向かって言った。彼女は穏やかに微笑んだ。

「それにしても、書店員の奈々子さんが美容師のナナコさんに転身されるとは」

雄一が感心したように言った。

「それで再会することができるなんて、縁深いですね」

聖子が優しく付け加えた。

「せっかくこうしてまたお目にかかれたのですから、少しお話しししませんか？　どこかにカフェか何かあれば」

雄一の提案に応じて、店を閉めてから、三人で近くの喫茶店へ行くことになった。

そこで、平中ゆみ江の事件の話になった。安伊聖子は無事釈放されたが、犯人はまだ捕まっていない。

すっかり忘れていたあの事件の話をもう一度、三人で振り返ることになった。

「杉村君、突然引っ越してしまったでしょう。あの当時は、杉村雄一いう名前と違ったよね。学校では、確か、真田清って名乗ってた。いったい、どういうマジック？　私ずーっと疑問に思ってたんよ」

彼は、私たちの高校へ編入して来た時、杉村雄一ではなく、真田清と名乗っていたのだ。

「騙《だま》してごめん。真田清と言うのは偽名なんだ。あの時、あのクラスに犯人がいると疑っていた僕は、偽名で学校へ編入し、やつらのことを調べていたんだよ。潜入捜査ってやつ」

「そんなことできるの？」

「まあね。いろいろ手はあるからね。もちろん合法じゃないからこれは内緒。まあ、もう時効だから、ばれてもいいかあ。引きこもりだった従弟《いとこ》の振りをして転校したんだ」

雄一は頭をかきながら笑った。

「杉村君は、誰が犯人やと思ってたん？　もしかして、田中希恵子さんとか？」

「当時、僕は、葉神里香と田中希恵子を疑っていた。今も、疑っている、あの二人のことは。決定的な証拠がないから罪には問えないけれど、それでも真相は知りたい」

「葉神さん、中原君と結婚しはった」

「らしいね。中原君とは、あれから仕事の関係で再会したんだけど、その時、そう言っていた」

「彼、最初は、平中ゆみ江さんとつきあっていたのに……。中学生の時」聖子が言った。

「えっ、でも……」

私が知っている中原瞬は、葉神里香と相思相愛だった。

「それがいじめの原因だったんです、多分」

聖子に言われて、私ははっとした。いじめの原因に中原瞬と平中ゆみ江がつきあっていたことが関わっていたと言うのか。

「葉神里香は、大柄でやんちゃな田中希恵子を使って、平中ゆみ江をいじめたんだ。お金をせびったりして」

雄一の話に、しばらく私の頭は混乱した。田中希恵子が主犯ではないのか。里香は希恵子に逆らえなくていじめに荷担《かたん》していただけ、と世間では言われている。

葉神里香が平中ゆみ江に嫉妬していじめた？　あの葉神里香が。優等生でクラスの人気者だった彼女が？　今は奥様然としている彼女が？　私は彼女の髪をさわった時の艶《つや》やかな感触を思い出した。彼女の肌からはいつも高級な香水のにおいがただよってくる。気高い雰囲気を醸《かも》し出している彼女にそんな陰険な一面があるとは。

私は、里香のセレブマジックから目が覚め、何か後ろめたいものを見た気がした。後ろめたさが、彼女を近寄りがたい存在にしているのだろうか。人に踏み込まれたくない暗い秘密を持っているから。

「それで、聖子さんは、どうして、平中ゆみ江さんとトラブルになったのですか？」

安伊聖子の口から淡々とした口調で語られたその内容は、やはり、私を驚かせた。

里香と希恵子にいじめられ、執拗《しつよう》にお金をたかられたゆみ江は、聖子の部屋からお金を盗むようになったのだと言う。聖子はゆみ江を問いつめた。するとゆみ江は、里香、希恵子らと一緒に、聖子の留守に盗んだ合い鍵で部屋へ入って、恋人の雄一からもらったバレリーナの陶器の人形を粉々に壊してしまった、と言うのだ。

まさに負の連鎖だ。嫉妬が憎しみを生み、いじめに発展した。いじめられた者は追いつめられてまた別の人間に危害を加える。結果的にゆみ江と聖子の関係が悪くなり、それがえん罪事件にまで発展してしまったのだ。

釈放されたと聞いてからも、私の中では聖子はずっとグレーゾーンの存在だった。

犯人が捕まっていない以上、もしかしたら真犯人はやはり彼女だったのではないだろうか、という疑惑を拭《ぬぐ》えずにいたのだ。

二十八年ぶりに、やっと、安伊聖子のえん罪事件の全体像が見えた。私の心にもやもやとかかっていた霧がすっと晴れたようだった。

「大変なことに巻き込まれたのですね」

私は聖子に心底同情した。

「彼の深い愛がなければ、私一人では、切り抜けられない苦悩でした」

聖子は雄一の手をしっかりと握った。互いの愛を信じ、かたい絆《きずな》で結ばれた二人。なんてまぶしいのだ。彼女の無実を信じて、真犯人を突き止めようと、私たちの高校にまで偽名で潜り込んだ彼の熱意は本物だ。真実の愛が、私の目の前できらきらと輝いている。

真犯人は、葉神里香かもしれない。いや、きっと、希恵子と二人で殺したのだ。

私は、ふと、平中ゆみ江の幽霊が出る話をしてみる気になった。幽霊の話など信じてもらえないかと思ったが、安伊聖子は真剣に私の話に耳を貸してくれた。

「まあ、あのアパートでそんなことがあったのですか。彼女、きっと成仏していないんですね。可哀想に。私とはいろいろありましたが、本当は、心根の優しい子だったんです」

聖子の目が潤《うる》んで光った。

「その幽霊はこんなことを言っていたそうです。自分を殺した人が来るのを待っている、と。その人は生きていても可哀想な人だからって……」

「それは、どういう意味でしょう。犯人が死ぬのを待っているって……。憎んでいないのですか?」

「よく分かりません。幽霊の言うことですから。妹から聞いた話なので確かなことは分からないのです。その幽霊は『愛する人を待っている』と不可解なことを言っていたそうです」

「愛する人……」

安伊聖子はしばらく考えていたが、はっとしたようにつぶやいた。

「彼女に愛する人がいるとしたら、母親でしょう。母一人子一人の関係でしたから。彼女のお母さんは、確か、あれからすぐに再婚したのです」

聖子がゆみ江の頭を何度も庭の石にぶつけていたのを目撃したと証言したのが、その母親だったと言う。その目撃証言が決定打となり、聖子が犯人だと決めつけられたのだ。

「嘘の証言をしたのですか？　なぜ、そんなことを」

「嘘なのか、見間違いだったのかは分かりません。実際、過去にあったえん罪事件を調べてみると、目撃証言に誤りがあったという例がよくあるみたいです。でも、僕らは彼女の母親が、自分の犯罪を隠蔽《いんぺい》するために故意に嘘の証言をしたのではないかと疑っています。それで、母親の行方を時々調査していました」

「今、どうしているのですか？」

「彼女の母親は娘が亡くなってから、すぐに再婚しました。元々つきあっていた男です。

娘がいるので結婚できなかった。だから、娘が邪魔になって……」

「それで娘を殺したと言うのですか？」

意外な話の展開に私は興奮した。

「いえ、もちろん、証拠はありません。あくまでも仮定の話です」

「母親は今は、その男と新しい家庭を築いているのですか？」

「いや、再婚相手が酒びたりの上、DVだったので、また離婚し、今は、料亭の洗い場で働きながら、孤独に生きているとききます」

決して幸せとは言えない人生だ。幽霊のゆみ江が言っていたことと話が合う。

「生きていても可哀想な人、というのは母親のことでしょうか？」

「平中ゆみ江の幽霊がそんなことを言っていた、というのには驚きました。たまたま奈々子さんと再会して、こんな話を聞くことになるとは、なんという偶然でしょう」

安伊聖子は私の目をしばらく見つめていたが、遠くを見る目つきになった。過去に思いを馳《は》せているのだろう。

私の気持ちは、母親犯人説に一瞬傾いた。

好きな男と結ばれたくて、娘を殺してしまい、結局、幸せをつかめず孤独に生きる女の顔が浮かんできた。娘殺しという、とてつもなく重い十字架を背負って生きる哀れな女の顔だ。私の想像は止めどなくふくらんでいき、魔が差して悪魔に魂を売ってしまった抜け殻のような空虚な表情をした女が目前に現われた。だが、二児の母親である私には、母親犯人説は、受け入れがたいことなので、それ以上想像するのはやめにした。

私は、杉村雄一、聖子の連絡先と近況を聞いて、二人と別れてから店へ戻った。

彼らは、今、京都市内で共働きしていると言う。明日、東京の親戚のところへ夫婦で行くことになっていた。たまたま、聖子が広げた生活情報誌にヘアーサロンナナコの広告が掲載されているのを見つけて、東京へ行く前に髪を切りたくなったのだと言う。

思いがけず、あの事件の別の側面を私が知ることになったのには、なんらかの見えない力が働いたからだろう。

だが、恐らくすでに迷宮入りしたあの事件の真相は、闇の中に葬り去られることになる。私はそう思い、犯人はいったい誰なのか、とあれこれもう考えないことにした。

ところがそれから三ヶ月後、杉村雄一が私のところに手紙を送ってきた。そこに真犯人からの手紙のコピーが入っていたのだ。

それは、予想を超えた驚くべき真相だった。

荻田奈々子様

先日、奈々子さんに偶然、お目にかかれて、暗い記憶を共有しているにもかかわらず、懐かしい思いでいっぱいになりました。美容院で生き生きと働いている奈々子さんは、昔とちっとも変わらない、正直でチャーミングな人でした。

あの時は、平中ゆみ江殺しの犯人が誰なのか、分からずじまいになるだろうと予想していました。ところが、あなたが教えてくれた幽霊の話が、思いがけず、真犯人の心を揺さぶる結果になったようです。その後、犯人のとった行動が正しかったかどうか、僕には分かりませんが、本人なりの決着のつけ方だったのだと思います。

犯人は、僕にとっては、意外な人物でした。動機はどうあれ、僕は自分がずっと欺《あざむ》かれていたことが、残念でなりません。

その人から来た手紙のコピーをあなたにお送りします。あの事件に関わったあなたには、真相を知る権利があると思うからです。

これを世間に明かすつもりはもちろんありません。ですから、あなたの胸にだけ留めておいてください。

あの事件のすべての真相が手紙の中に書かれています。

杉村雄一

私は、深呼吸してから同封されている三つ折りになった手紙のコピーを広げた。真犯人が書いたものだと思うと、持つ手が震えた。

杉村雄一様

この手紙が届く頃、私は、もうこの世にいないでしょう。これ以上世間を欺いて生きていくことに限界を感じました。

この三十年間、私は、片時も生きているという実感を味わったことがありません。時々、自分が生きているのか死んでいるのか分からなくなることがあります。

真田君、いや、本名は確か、杉村君でしたね。杉村雄一君、あなたには、本当に申し訳ないことをしたと思っています。奥さんの聖子さんが無実の罪で逮捕されたことを知った時、私は、自首するべきだったのです。なのに、私には、その勇気がありませんでした。

聖子さんの無実が証明され、釈放された時は、身勝手ながら、安堵《あんど》に胸をなで下ろしました。

私は本当に卑劣で弱い人間です。

もうお分かりですね。平中ゆみ江を殺したのは、この私です。私が彼女を突き飛ばし、アパートの裏庭の石に頭を何度も叩きつけて殺したのです。

あの時、自分が何をしているのか分からないくらい激しい感情に支配されていました。後にも先にもあれほどの感情を爆発させたのは、あの時だけです。

その後の私の人生はあってないようなものです。彼女を殺してしまった重い罪の十字架を背負った私は、その呪縛《じゅばく》から逃れられず、結局、自分の人生を本当の意味でやり直すことはできませんでした。

杉村君、あなたにだけは真相を打ち明ける決心をしました。

先日、会った時、あなたは、あのアパートに、ゆみ江の幽霊が出る話を私に聞かせてくれましたね。

そこで、私はあのアパートへ行く決心をしました。アパートは残念ながら取り壊されていました。しかし、何かに取り憑《つ》かれたように、毎夜、私はそこに足を運ぶようになりました。そして、ついにゆみ江の幽霊に出会うことができたのです。相変わらず少女のままの美しい彼女の姿に私の心は感動で震えました。

――あなたがこっちへ来るの、私、待っているの。

彼女は私に向かって言いました。

――許してくれるのか？　ゆみ江、君を殺した、この僕を？

彼女は優しく頷《うなず》きました。あの頃そのままの彼女の柔らかい笑顔に、私は三十年ぶりに安らかな気持ちになりました。

――あなたは生きていても可哀想な人。私を失ったあなたは、ずっと苦悩の中で生きてきた可哀想な人。

彼女の言う通りでした。彼女を失ってから、彼女なしの人生など、私にとっては、生きていてもなんの価値もないことを思い知りました。私はずっと、葉神里香の操り人形として生きてきたのです。

私はゆみ江の幽霊の前にはいつくばり、泣きながら彼女に何度も謝りました。

ゆみ江を殺した動機は、彼女を失いそうになり、激しい感情に取り憑かれたからです。結果的にその感情によって彼女を失ってしまったのですから、矛盾していると思われるでしょう。

あの日の午後、アパートの裏庭で私はゆみ江と会う約束をしました。私たちは相思相愛だったはずなのに、彼女は、ある日を境に急に私に冷たくなったのです。私は、冷たく振る舞うようになった彼女を問いつめました。

「最近、どうしたんや。なんで僕を避けるんや？」

「もう、私につきまとわんといて、お願い！」

ゆみ江が頼むように私に向かって手を合わせました。到底、納得のできることではありませんでした。

「嫌いになったんか？　僕のことが」

ゆみ江は、じっと私のことを見つめていましたが、何も答えませんでした。

「ちゃんと返事してくれ」

私は彼女の頰《ほお》にそっと手をあてました。すると彼女は私の手を思い切り払いのけたのです。手の甲に痛みが走りました。そんな仕打ちをゆみ江が私にするなんて、あまりのショックに全身が震えました。私は彼女を取り戻したい一心で、抱きしめようとしました。ところが、激しい抵抗にあいました。私を突き放した彼女は、思い切り私の頰を打ったのです。私の理性はその瞬間吹っ飛びました。逆上した私は、怒りにまかせて彼女を突き飛ばしました。気が付いたら、彼女は頭から血を流して倒れていました。

「ゆみ江、どうしたんや。起きてくれ、なあ、何寝てるんや」

彼女が息をしていないことに気づいて、私は呆然《ぼうぜん》としました。それから、石に彼女の頭を何度もぶつけた自分の行動を思い出したのです。なんということをしてしまったのでしょう。自分で自分のしたことが信じられませんでした。

我に返って、立ち上がると葉神里香が目の前に立っていました。彼女は何もかも見ていたのです。呆然と立ちつくす私に里香は言いました。

「大丈夫。私が守ってあげるさかいに。ずーっとずーっと、私があなたのこと守ってあげる。キエがそこにいるから、早く、そっちの通路から逃げて！ 大丈夫、だれも今のことは見てへんから！」

そうせっつかれて、私はその時、とっさに里香の言う通りにしてしまいました。もう一つの通路から出て、家へ逃げ帰り、何事もなかったように装《よそお》ったのです。そんな卑怯《ひきょう》な道を選んでしまったツケの大きさを想像する余裕もなく。

後悔しても後の祭りでした。それからの私は里香のいいなりです。それしか自分が助かる道はないと、彼女に言いくるめられ続けたのです。

後から、杉村君、君から、ゆみ江が私を遠ざけようとした理由を聞かされた時は本当にショックでした。ゆみ江は里香と希恵子にいじめられていたと君は言うではありませんか。

彼女は二人が怖いから、私とつきあうのをやめたかった。里香は何もかも計算尽くだったのです。私とゆみ江の仲を引き裂いて、自分が彼女に取って代わって私を支配したかったのです。あの現場に里香がいたのも偶然ではなかったのだと後から分かりました。ゆみ江は、すでに里香の支配下に置かれ、見張られていたのです。私は里香を密かに憎むようになりました。しかし、里香に弱みを握られている私は、彼女に逆らえませんでした。

自分の弱さが情けなくてしょうがなかった。それでも、警察に自首する勇気はありませんでした。

甘い言葉と恫喝《どうかつ》で彼女に手なずけられてしまった私は、まさに悪魔に魂を売った生ける屍《しかばね》だったのです。

私は、彼女の操り人形であり続けました。彼女の願い通り、大手企業に入り、彼女と結婚し、彼女の描く青写真通りの理想の家庭を築きました。

人一倍見栄《みえ》っ張りの彼女が望んでいるのは、誰もが羨《うらや》むハイソな家庭です。虚栄心ばかりが先行して、幸せとはほど遠い、愛のない生活でした。そんな作り物の家庭の中で、生身の人間が幸せでいられるはずはないのです。ですが、私たちは世間に幸せと映る家族をただひたすら演じ続けました。世間の人たちの嫉妬と羨望《せんぼう》のまなざしが、里香を輝かせるエネルギーなのです。そんな女ですから、彼女の物欲にはきりがなく、むさぼるように消費し、完璧《かんぺき》なセレブ妻として武装することに全精力を費やしていました。それは、私には、まるで、剝《は》がれそうになるメッキを上から上から塗りたくっているような目を覆《おお》いたくなる光景でした。そんな彼女といて、私の心はどんどん空虚になっていきました。

自分の犯した罪を償《つぐな》うべきだとゆみ江の幽霊は、私に教えてくれたのだと思います。死という選択が本当の意味で償うことになるのかどうかは分かりません。しかし、自らを裁くようゆみ江の幽霊が私の背中を押してくれた、そう解釈しています。

杉村君、君にはいろいろ迷惑をかけて申し訳なかったと思っています。最後に、ゆみ江の幽霊のことを教えてくれて、本当にありがとう。

私は、これから、自分の罪を償うために、自ら決着をつける道を選ぶことにします。

中原瞬

二〇一三年　四月某日

私は手紙を何度も読み返した。平中ゆみ江を殺したのは、中原瞬だったのだ。

数日前に中原瞬が他界したという知らせを私はきいていた。葬儀は家族だけですませたということだった。死因については、家族が明かさないので、誰も知らなかった。

中原瞬がそんな重い罪を背負って苦悩しながら生きていた、というのは、私の想像を超える信じがたい事実だった。里香の高級感あふれる姿を思い出し、質素堅実なだけが取り柄の自分の日常に、私は、生まれて初めて誇りを持つことができた。

私は中原瞬の手紙を胸にあてて、平中ゆみ江と中原瞬が手に手を取り合って、空高く舞っていく光景を思い描いた。

三十年ぶりにやっと結ばれた二人のために、私は、家の窓から空を見ながらそっと手を合わせた。

design : bookwall

解説——岸田作品の中でも最上位にランクすべき一冊

村上貴史（ミステリ書評家）

■上質

二〇〇四年に『密室の鎮魂歌《レクイエム》』（応募時のタイトルは『屍の足りない密室』）で鮎川哲也賞を受賞した岸田るり子。彼女はそれ以降、コンスタントに上質なミステリを書き続けてきた。彼女の作品は上質であると同時に、チャレンジングであり、しかもどこかしらえげつなく、かつ儚《はかな》く、そしてダークだ。もちろんインパクト十分な謎があり知的でトリッキィだ。なんだか形容詞がとっちらかっているようだが、それが渾然《こんぜん》一体となっているのが岸田るり子のミステリであり、それを端的に表現しようとすると、〝上質〟という言葉になってしまうのだ。

彼女のように毎回ドキドキしながら新作を愉《たの》しめる作家はそうそういない。安心して愉しめる作家ならば、少なからず存在する。だが、なにを仕掛けてくるか予想がつかず、しかも、その作家の筆で心の奥底のなにやらもやもやとした黒いものを引っかき回される怖さもあるという作家は、極めて少ない。そんな作家の一人が岸田るり子なのである。

そして、彼女がデビュー一〇年目に放ったこの『無垢と罪』は、岸田作品のなかでも最上位にランクすべき出来映えの一冊なのである。

■悪意

六つの短篇がそれぞれに関連を持ち、全体で一つの物語を構成する『無垢と罪』。

その第一話「愛と死」は、西川哲哉という三六歳の男性の現在の視点から、小学校の同窓会の模様が描かれる。彼は、かつてほのかに思いを寄せていたクラスメイトの杉田佐織と、その席で再会した。親密な雰囲気のなか三次会まで行ったが、二人は別々のタクシーで帰宅した。その西川に、翌日、衝撃的なニュースが伝わってきた。佐織が腐乱死体で発見されたというのだ。腐乱死体？　前夜再会したばかりなのに腐乱とはどういうことだ……。

第一話を読み終え、この事件の顚末《てんまつ》を知った読者は、一九八六年頃――西川や佐織が小学生だった頃――を舞台にした第二話「謎の転校生」の結末で、また新たな衝撃を受けることになる。「謎の転校生」は、荻田という女子高校生が転校してきた男子生徒を強く意識する様や、あるいは妹とのぎくしゃくした関係を描いた短篇だが、この結末で読者に提示されるエピソードが、そのまま深く読み手の心に刺さるのだ。さらに、第二話とほぼ同様に一九八〇年代を舞台とする第三話「嘘と罪」や第四話「潜入捜査」で、一人の若い成人女性の恋の進展や新たな年下の友人との出会いとその結末を知り、ある高校のクラスの模様を知る。そうやって、第二話から第四話を読み進んで読者は、その当時のある町での出来事に関する知識を少しずつ蓄積し、そこで発生した殺人事件の様子を学習していくのだ。その町で誰が死に、誰がなにを言い、誰が逮捕されたのかを。

そして舞台が再び二一世紀に戻る第五話「幽霊のいる部屋」と第六話「償い」で、読者は真相を知り、物語は完結することになる。過去と現在という二つの時代をいくつもの視点で描いた本書、まずは構造が素晴らしい。小学生から三〇代までの男女を様々な切り口で語る六篇を通じて、一つの殺人事件について、最終的にその真実が読者の胸の中でしっかりと浮かび上がるように作られているのだ。もちろん犯人の意外性もあるが、その犯人の心や事件にかかわった者たちの心、それらがどう絡《から》み合い、どう相互に影響していったかが、決して説明ではなく、こちらに染み込むように伝わってくる。複数の視点で、視点人物の心にどっぷりと入りこんで語ったからこそ、こうした効果が得られたのだろう。

そしてこの構成を成立させている〝各篇の連鎖〟は、たいていにおいて悪意の連鎖である。直接的で露骨な悪意もあれば、意地悪といったレベルの悪意もある。その悪意によって生み出された新たな悪意もあれば、本人が決して認めようとしない悪意（言い訳にくるまれた悪意）もある。こうした悪意のなかには、本人が全く自覚していない悪意もある。〟まさにその象徴ともいうべきが、最終話で、ある人物の心境として綴《つづ》られた一文である。〟まさに負の連鎖だ。（中略）が憎しみを生み（中略）事件にまで発展してしまったのだ。〟という一文なのだが、読者の目からは、こう他人事《ひとごと》のように述懐した人物自身がその連鎖の一部であることはとことん明らかなのである。その無自覚がなんとも不気味だ。

こうした悪意の連鎖や無自覚の悪意の不気味さが読者に強烈に伝わってくるのは、各篇毎に視点人物を切り替え、しかもその各篇の描写内容が関連を持っているという構造だからこそだろう。たとえば、ある人物の手によるちょっとしたイタズラ――やらなくてもいいイタズラ――が他人にもたらした残酷な結末を、岸田るり子は我々の目の前に突きつけるのである。その残酷に自分が関与してしまう可能性が、我々の日常のなかに数多く存在していることを、強く意識させるのである。なんとも怖い小説だ。

余談だが、身勝手の連鎖が悲劇を生むという点に興味を覚えた方は、貫井徳郎『乱反射』も読んでみるといいだろう。第六三回日本推理作家協会賞（長編及び連作短編集部門）の受賞作である『乱反射』（二〇〇九年）と本書は、お互いに異なるかたちで負の連鎖を描き、そしてそれぞれに異なるかたちの刺し傷を読者の心に残すので。

閑話休題。

岸田るり子は、負の連鎖というこのダークな物語のなかに、ときおり希望もブレンドしている。ひたすらにパートナーを想う心であるとか、親類を気遣う心などが、要所要所で織り込まれていて、人間ってやっぱりいいな——などと思わされてしまうのである。こうしたハートウォーミングな描写も、悪意と同様に説得力を備えているのだ。かと思えば夫を捨てる妻であるとか男を騙《だま》す女であるとか、ちょっとした心の弱みにつけ込んでクレーマー的な執拗さで金をむしり取る人物であるとかも登場しているので、これまた油断できないのだが。

しかも本書の場合、プラスとマイナスの両極端に振れるだけでなく、それとはまったく別の軸で、読者の想定外の振幅も備えているから厄介《やっかい》だ(もちろんいい意味で)。すなわち現実と非現実という軸だ。非現実を超自然現象と言い換えてもよい。いくつかの超自然現象が、日常に割り込んできているのである。それらのなかには、出会った翌日に腐乱死体となっているという第一話に描かれたレベルのものもあれば、後半のある短篇のように、また異なるレベルで超自然の存在を扱ったものもある。しかもどれほど現実離れしていようとも、この『無垢と罪』という世界のなかでは、当たり前のものとして書かれているの

質で洗練された連作短篇集という衣を纏《まと》っていることか。

だ。なんとアヴァンギャルドであることか。そしてその異形さが、なんとナチュラルに上質で洗練された連作短篇集という衣を纏《まと》っていることか。斯様《かよう》に多様な読み応えを備えた本書、岸田作品のなかでも最上位にランクすべき出来映えといいたくなるというものだ。

■短篇

鮎川哲也賞を受賞してデビューした岸田るり子。

彼女は、父親の仕事の関係で一三歳でフランスに渡り、高校までそちらで暮らしていた。その後一旦日本に帰国するも再び渡仏し、パリ第七大学の理学部を卒業する。

卒業後は日本に戻り、子育てが一段落した頃から小説の執筆を開始した。大阪文学学校や、そこで知り合った教師の一人が独自に立ち上げた文芸サークルの一員としての創作活動を続ける。そして創元推理短編賞、鮎川哲也賞、横溝正史賞などで最終候補に残るような成果を収め、そして前述したように鮎川哲也賞を射止めるに至った。つまり、デビューに先だって、短篇も長篇も高く評価されていたということなのである。

その長いものも短いものも書けるという才能が、短篇の妙味に長篇の醍醐味《だいごみ》を掛け合わせた本書『無垢と罪』を成功に導いたのだろう。

本書が長篇という完成像を意識して書いた短篇の積み重ねであるのに対し、長篇的構想を短篇のなかにぎゅっと詰め込んだのが、第六六回日本推理作家協会賞候補（短編部門）となった「青い絹の人形」である。こちらはパリでの生活経験もしっかりと活かされた一篇である。土葬死体が消えるというプロローグに始まり、親子三人でパリに旅行に行ってパスポートを無くしたことから始まる様々な出来事を描きつつ、ミステリとしての要素もしっかりと交えて想定外のかたちで着地するこちらの短篇、『推理小説年鑑　ザ・ベストミステリーズ２０１３』（日本推理作家協会編）に収録されているので――つまりその年に発表されたなかで選りすぐりの短篇ミステリということである――是非ともご一読いただきたい（その後、自身の短篇集『パリ症候群　愛と殺人のレシピ』にも収録）。そのうえで、本書を構成する各短篇との差違を味わってみるのも一興だろう。なお、本書や「青い絹の人形」を通じて、岸田るり子の短篇ミステリの魅力にとりつかれた方は、著者初の短篇集となる『味なしクッキー』にも手を出してみるのがよかろう。ダークな魅力を堪能《たんのう》できる。

■無垢

さて、この『無垢と罪』に話を戻そう。先に中身の点から本書の素晴らしさを述べたが、それに加えて、題名も素晴らしい。本書の多面的な魅力や振幅の大きさ、無自覚な悪意などが、この四文字に凝縮されている。こうした題名を得た作品は、幸せである。

そんな幸せな作品が——必ずしも幸せな物語ばかりが詰まっているわけではないが——ここにある。

二〇一三年五月

本書は2013年6月徳間文庫として刊行されたものの新装版です。なお、本作品はフィクションであり実在の個人・団体などとは一切関係がありません。

徳間文庫

無垢《むく》と罪《つみ》

〈新装版〉

2020年1月15日 初刷

著者 岸《きし》田《だ》るり子《こ》

発行者 平野健一

発行所 株式会社徳間書店

東京都品川区上大崎三-一-一 目黒セントラルスクエア 〒141-8202

電話 編集〇三(五四〇三)四三四九 販売〇四九(二九三)五五二一

振替 〇〇一四〇-〇-四四三九二

印刷 製本 大日本印刷株式会社

ISBN978-4-19-894527-5 (乱丁、落丁本はお取りかえいたします)